DENISE TIDIMAN

Roule ma poule !

jouvence
EDITIONS

Les avis de nos lecteurs

« Une jolie balade aux côtés d'Agathe et de Victor, pleine d'émotions et d'authenticité qui nous rappelle :

• que parfois chacun doit suivre son chemin pour mieux se retrouver par la suite ;

• qu'il est important de suivre ses rêves et les élans de son cœur pour se rester fidèle, bien que cela demande du courage.

• que la vie est une aventure qu'il faut oser vivre, et que sur cette route de belles rencontres sauront raviver l'étincelle éteinte en soi par l'habitude et le quotidien.

Une histoire qui nous donne envie de prendre la route dès le livre refermé. »

Niki, compte Instagram @rdv.avec.moi.maime

« Une bonne préparation à la crise de la soixantaine, je suis prête ! Je me projette tout à fait dans les aspirations de liberté de l'héroïne. Agathe, ce sera moi dans 20 ans ! Un bon roman pour apprendre à faire des compromis, à apprécier l'instant présent et surtout à communiquer avec simplicité et sincérité. »

Annabelle, compte Instagram
@anna_zenart @anna_zenlife @lu.et.adore

*« *Roule ma poule ! *sonne comme le top départ d'une nouvelle vie qui s'offre à la jeune retraitée Agathe. Mais lorsque ses aspirations divergent de ceux de son mari Victor, c'est tout un rêve qui s'effondre et une histoire de couple qui s'effrite.*

Il faut parfois se perdre au large, s'évader et s'égarer pour ensuite apprécier la douce routine que représente le quotidien avec son compagnon de vie. C'est un roman étincelant de douceur, saupoudré d'émotions et de bonnes réflexions qui rendent les personnages attachants et attendrissants. »

Soraya, compte Instagram @soraya_bouquine

« À la recherche d'un petit bijou feel-good ? Laissez-vous embarquer par Roule ma poule ! *Un récit à la fois touchant et hilarant, où Agathe est prête à tout pour apporter une touche de pétillant à sa nouvelle vie de retraitée auprès de Victor. Avec une bonne dose d'humour et d'émotion, l'écriture enjouée et rythmée de Denise Tidiman nous plonge avec légèreté dans un hymne à la vie avec ses hauts et ses bas ! »*

Élodie, compte Instagram @cocoon_vibes

« Une histoire tout en miroirs. Agathe nous fait rire mais aussi, nous amène à réfléchir. On se laisse saisir par la légèreté apparente de ce roman qui nous diffuse en réalité des messages profonds sur le temps qui passe, les rêves, la famille, les envies de voyage, la vie à deux...

Une belle morale se cache derrière cette histoire pleine de couleurs et de rebondissements. »

Élise, compte Instagram @elise.frenchplume

« Denise Tidiman nous embarque pour un road-trip pétillant et attendrissant à bord de Baby, le camping-car d'Agathe ! Une histoire aussi joyeuse qu'émouvante sur ce couple de retraités dont les rêves d'avenir prennent des chemins différents.

Si, pour certains, la retraite rime avec repos et calme, pour d'autres, c'est plutôt une renaissance et l'envie d'explorer et de réaliser ses rêves. Le maître mot de ce roman est PROFITER de la vie pour ne pas le regretter !

Du peps à 100 à l'heure sur un air de Daniel Guichard, de l'amour, de l'amitié, quelques manœuvres effrayantes au volant de ce gros engin, des rencontres marquantes, mais surtout une prise de conscience. Réaliser que dans la vie il faut concilier ses rêves avec ceux que l'on aime. Car ce n'est qu'en partageant cette nouvelle vie ensemble qu'on l'appréciera pleinement.

Roule ma poule !, *ou comment une retraitée à la soif de vivre m'a transportée dans son univers frais et déjanté. Alors, en voiture Baby, c'est parti pour vivre nos rêves à fond ! »*

Aurélie, compte Instagram @aurelivres57

« Avec ce roman à la fois drôle et émouvant, l'auteure nous offre un formidable regard sur la vie à deux, après de nombreuses années de partage, à l'aube de la retraite, lorsque l'on redécouvre l'autre parfois sous un autre jour et que nos attentes ne sont plus tout à fait les mêmes.

Empreinte de tellement de vérité et de réalisme, cette histoire est surtout pleine de sentiments et de bienveillance.

Tout au long de ma lecture, j'ai ri, souri, j'ai été émue, attendrie, mais surtout, j'ai pris un énorme plaisir à suivre les aventures d'Agathe, de ses amis et de sa famille !

Je vous préviens : une fois commencé, vous ne pourrez plus lâcher ce livre ! Et une fois terminé, vous regretterez déjà Agathe et son camping-car !

Une chose est sûre, ce roman vous donnera des envies de voyage, d'aventure, mais surtout d'amour ! »

Typhaine, compte Instagram @mes_carnets_litteraires

« Avec Roule ma poule !*, il souffle comme un vent de liberté ! Denise Tidman nous offre un roadtrip pimenté embarquant le lecteur dans une belle aventure à bord d'un camping-car nous rappelant qu'il est vraiment merveilleux d'être vivant.*

Cet ouvrage est une invitation au voyage, à redécouvrir des paysages, des saveurs, à vivre pleinement la magie de l'instant. Nous sommes tous un peu comme Agathe, avides de sensations et de vibrations face à un monde si vaste, si beau ne demandant qu'à être exploré.

Une lecture qui fait du bien, qui nous reconnecte à soi et qui nous pousse tout comme son héroïne, à sortir de notre zone de confort pour réaliser nos rêves les plus fous ! »

Julie, compte Instagram @les_lectures_du_petit_fruit

« Agathe nous embarque dans ses escapades à bord de son camping-car. On est plongé dans ses réflexions, ses peurs, ses doutes et on savoure avec elle ce sentiment de liberté que procure ce mode de voyage. Avec son lot de galères et les imprévus qui vont avec, Agathe démontre à quel point on peut se sentir vivant et libre au volant d'une petite maison sur roues.

On y prend goût, on en redemande encore et encore !

C'est drôle et contagieux ! »

Tifenn, compte Instagram @three_vanlifers

Dans la même collection aux Éditions Jouvence :

Les amants du ciel se retrouvent toujours ici-bas, David Perroud
Sur le chemin du cœur, Mary Laure Teyssedre
Ce fil qui nous relie, Olivier Cochet
La Lettre à Lila, Vincent Cueff
Celle qui écrivait des poèmes au sommet des montagnes, Nicolas Fougerousse
Sept jours pour vivre, Valérie Capelle
La terre est le plus bel endroit du ciel, Françoise Dorn
Le jour où j'ai ouvert les yeux, Anand Dilvar
Le Chant des cigales après la pluie, Camille Lesur
Si tu veux, tous les deux, on pourrait rêver..., Jean-Yves Revault

Catalogue gratuit sur simple demande

Éditions Jouvence
France : BP 90107 – 74160 Saint-Julien-en-Genevois Cedex
Suisse : Route de Florissant, 97 – 1206 Genève
Site Internet : www.editions-jouvence.com
Mail : info@editions-jouvence.com

Couverture : flamidon.com
Mise en pages : PCA
Illustrations de couverture : Alexander Dubrovsky © Shutterstock.
LightField Studios © Shutterstock

ISBN : 978-2-88953-431-9

Pour Adrien, Maxime et Alicia

En route !

Les mains crispées sur le volant, Agathe n'en mène pas large. De la sueur coule sur son front sans qu'elle cherche à l'essuyer. Plusieurs fois, son pied glisse sur l'accélérateur. Ses jambes tremblent. Elle évite de regarder dans le rétroviseur pour ne pas voir la voiture de sport rouge, beaucoup trop proche, qui multiplie sans y parvenir, et parfois dangereusement, les tentatives de dépassement.

Devant elle, au volant de sa petite citadine blanche, Emma ralentit dès que la distance entre elles se creuse. Sa tête aux cheveux acajou coupés court bouge dans tous les sens. Derrière son immense pare-brise, Agathe imagine son amie en train de chanter à tue-tête sur un morceau de Pavlov's Dog en tapant le rythme sur son volant. Elle lui envie sa décontraction.

À hauteur d'Ajain, elles bifurquent en direction de Glénic. Agathe respire en constatant qu'aucun véhicule ne l'a suivie, surtout la voiture de sport dont elle entend le ronflement puissant du moteur enfin libéré. Ses muscles, contractés par l'effort, pourraient alors se détendre, mais l'étroitesse de la chaussée l'en empêche et elle s'en veut de ne pas avoir demandé à son mari de l'accompagner. Elle songe un instant à proposer à Emma, qui a beaucoup plus l'habitude qu'elle de conduire de gros engins, d'échanger leurs places, mais elle prend sur elle. Elle serre les fesses, s'agrippe encore plus fortement à son volant et prie pour ne croiser aucune voiture, ou, pire encore, un tracteur !

Comme prévu, après le passage à niveau, Emma tourne à gauche et poursuit vers la ferme de son oncle. « Pierre ne sera pas là, mais il laissera le hangar ouvert », avait-elle promis. Au bout d'un chemin cahoteux, elle se gare et fait signe à Agathe de continuer jusqu'à l'intérieur du bâtiment dont les portes sont calées par des briques.

Fière de ce qu'elle considère comme un exploit et bien contente de n'avoir pas eu de manœuvre à effectuer pour se garer dans l'immense hangar qui sert habituellement au stockage du foin, Agathe sourit en descendant du véhicule. Elle esquisse quelques pas de danse, se retourne, tourbillonne, sautille, pousse de petits cris. Sa tunique en satin turquoise ornée de motifs géométriques verts et blancs flotte, légère et aérienne, autour de sa silhouette élancée. Ses bracelets de pacotille s'entrechoquent et cliquettent joyeusement à son poignet. Elle les a retrouvés la semaine dernière, tout à fait par hasard, dans une boîte empilée avec d'autres au fond d'un placard, au milieu de quelques vieilleries comme un médaillon *Peace and love* ou un pin's à l'effigie des antinucléaires, souvenirs d'une époque révolue où l'avenir ressemblait encore à l'éternité.

Emma, qui l'attend à la porte, adossée au chambranle, ne peut s'empêcher de rire.

– Dis donc, Agathe, tu retournes en enfance ? demande-t-elle à son amie.

– Il y a un peu de ça, répond Agathe, essoufflée, en arrivant à sa hauteur.

Le train de dix heures trente qui relie Guéret à La Châtre fait vibrer le sol sous leurs pas alors qu'elles se dirigent, bras dessus, bras dessous, vers la voiture d'Emma.

– Elle va me paraître minuscule, ton auto, dit Agathe en se glissant sur le siège passager.

Emma démarre. Pendant tout le voyage, Agathe ne s'arrête pas de bavarder, fait de grands gestes de la main, parle fort, éclate de rire sans savoir pourquoi, raconte le voyage jusqu'au hangar comme s'il s'agissait là d'une prouesse, décrit son nouveau véhicule d'un air extasié, vante tour à tour la souplesse de la direction et le confort de l'habitacle, ne se rappelle plus tout à fait la disposition de certains éléments et demande des détails à Emma. Pleine d'imagination, elle s'invente mille périples et se voit déjà dans la peau d'une aventurière.

– La seule chose qui m'embête, poursuit-elle en lâchant un soupir, c'est le manque de reprise. Tu as remarqué, tout à l'heure, l'énorme file qui nous suivait ?

– Oui, bien sûr, répond Emma en hochant la tête.

– Et la bagnole de sport ? J'ai bien cru qu'elle allait percuter la voiture d'en face en essayant de me doubler. Et le pire, c'est que j'étais à fond.

Emma, sans lâcher le volant, se tourne vers son amie.

– Ne t'inquiète pas, tu t'y habitueras vite.

– Bof, on verra dimanche prochain, quand ce sera ton tour. N'oublie pas que tu as l'habitude de conduire des véhicules puissants et que tu n'as qu'à actionner la sirène et mettre en route le gyrophare de ton ambulance pour que tout le monde se pousse sur ton passage.

Emma rit.

– C'est vrai qu'il a l'air de manquer un peu de peps, ton engin, ajoute-t-elle en appuyant sur l'accélérateur pour doubler un camion. Mais ce n'est pas ça qu'on lui demande, n'est-ce pas ?

Ça s'arrose !

Emma se gare le long du trottoir devant chez elle, juste derrière la voiture d'Agathe.

– Tu entres cinq minutes ? lui demande-t-elle.

– Avec plaisir ! répond Agathe après avoir consulté sa montre.

Un énorme chien aux longs poils noirs, mélange incertain de berger allemand et de basset, ou peut-être de beagle, qui a lui aussi les oreilles pendantes, se jette sur Emma quand elle ouvre la porte. Il se dresse sur ses pattes de derrière, cherche à poser celles de devant sur les épaules de sa maîtresse. Emma vacille légèrement sous la charge de l'animal.

– Je ne sais pas comment je ferai avec lui le jour où je serai trop vieille pour le retenir, dit-elle en caressant affectueusement la tête du chien, nommé Dingo en souvenir des albums de Mickey que, petite, elle lisait et relisait en cachette de son père alors qu'il la croyait en train de faire ses devoirs.

– À mon avis, lui aussi sera trop vieux pour sauter comme ça, répond Agathe, qui, comme à chaque fois, espère que l'animal n'aura jamais dans l'idée de lui prodiguer pareilles effusions.

Agathe a peur des gros chiens depuis qu'elle s'était fait mordre par celui des voisins en revenant de l'école. Pourtant, à la ferme, ses parents en avaient eu plusieurs, mais ils n'étaient ni bien grands, ni même noirs, et puis à chaque fois elle les avait connus tout petits. La queue de Dingo fouette l'air. Il lèche le visage d'Emma. Elle le laisse faire un moment, puis l'incite doucement à redescendre.

– Un petit blanc pour fêter ça ? demande-t-elle à Agathe tout en se dirigeant vers la cuisine sans attendre sa réponse.

Emma retire sa veste en jean, la pose sur le dossier d'une chaise. Sur son bras droit, une série de lignes harmonieusement entrelacées dépasse de la manche de son tee-shirt.

– Alors ça y est, tu as sauté le pas ? demande Agathe en s'approchant d'elle.

Emma relève le tissu. Un bouton de rose, entouré d'arabesques, couvre à présent son épaule. Agathe l'effleure du bout des doigts, le trouve joli.

– Tu n'as pas eu trop mal ? demande-t-elle en retirant sa main.

– Oh que si, mais le résultat me plaît, c'est l'essentiel, non ?

Tournée vers le miroir accroché dans le coin gauche de la cuisine, Emma admire une dernière fois son épaule avant de rabattre la manche de son tee-shirt. Elle se retourne, se hisse sur la pointe des pieds pour attraper deux verres à vin dans le placard. Agathe sourit en regardant cette petite bonne femme rondouillette dont le peps et la vitalité impressionnent toujours, dressée sur ses sandales rouges à talons compensés pour gagner de la hauteur. Emma tend les deux verres à Agathe, sort une bouteille de muscat, leur apéritif préféré, du frigo. Habituée des lieux, Agathe la précède pour lui ouvrir la porte-fenêtre qui donne sur la terrasse. Le soleil a presque disparu derrière la maison d'à côté, mais l'air reste doux et agréable, prémices d'un été qu'elles espèrent, comme beaucoup, sans trop de pluie.

Tandis qu'elles s'installent l'une en face de l'autre, Dingo, encouragé par un biscuit, un ordre et une caresse sur la tête, finit par s'affaler aux pieds d'Emma alors qu'elle s'attaque au débouchage de la bouteille mise au frais pour la circonstance. Agathe rejette la tête en arrière, défait le chignon qu'elle porte bas sur la nuque, frotte ses cheveux aux mèches auburn, blondes et rousses, savant mélange destiné à camoufler les filets gris qui arrivent toujours plus nombreux, puis les enroule à nouveau et y repique la baguette en bois. Ses yeux noisette en forme d'amande brillent d'un éclat si intense qu'Emma se réjouit une fois de plus de la tournure prise par les évènements.

– Si tu savais comme je suis heureuse, Emma !

– T'inquiète, ce n'est pas la peine de le préciser, ça se voit comme le nez au milieu de la figure ! lui répond son amie tout en remplissant les verres.

Elle lève le sien.

– À tes vacances prolongées loin de la Creuse, ma poulette !

Les verres s'entrechoquent. Agathe soupire.

– Et dire qu'il y a quelques jours encore, j'en avais peur…

– C'est vrai que tu avais l'air mal barrée. Pourtant, quoi de plus beau que d'arriver jusque-là en pleine forme ! Quand je pense que tu étais allée jusqu'à te comparer à une vieille bête qu'on mène à l'abattoir.

– Tu rigoles, Emma, mais il y a un peu de ça. Du jour au lendemain, on te range dans la catégorie des inutiles et tu n'as plus qu'à te promener dans la rue avec le mot « retraitée » inscrit en lettres de feu sur ton front parce que tu te mets à faire tes courses quand tout le monde est au boulot…

– Et à dégainer ta carte sénior pour avoir droit à tout un tas de réductions, ajoute Emma en éclatant de rire. Et je te signale qu'avec tes horaires décalés, tu faisais rarement tes courses en même temps que le commun des mortels.

– C'est vrai, dit Agathe, joignant son rire à celui de son amie. J'imagine la tête de Victor, quand on lui fera la surprise dimanche. Et pile le jour de notre anniversaire de mariage.

Emma allume une cigarette, tire une longue bouffée, remplit à nouveau leurs verres. Elle fronce les sourcils et fixe Agathe de ses yeux gris, presque transparents, tandis que deux lignes verticales se dessinent sur son front.

– Tu crois que tu arriveras à garder le secret jusque-là ? lui demande-t-elle, de sa voix rauque et un peu éraillée.

Agathe rit encore, mais plus nerveusement cette fois-ci.

– Il va bien falloir, mais c'est vrai que ça risque d'être difficile. Je crois que je vais nettoyer la maison de fond en comble dans les jours à venir, histoire de penser à autre chose !

Elles finissent d'élaborer leur plan d'action. Emma enverra un message à Agathe quand elle ne sera plus qu'à deux kilomètres de chez elle, sans doute vers seize heures. Agathe proposera alors à la famille une promenade digestive et ils se retrouveront tous dans la rue au moment de l'arrivée d'Emma. *Et là…*

Agathe regarde l'heure et se lève d'un bond, avant que son amie n'ait dans l'idée de la resservir.

– Il va falloir que j'y aille, lui dit-elle, ce n'est pas la peine que mon homme se pose des questions maintenant. En tout cas, merci pour tout !

Elle attrape Emma par le cou et lui claque un bisou bruyant sur la joue. Dingo remue vaguement la queue mais ne prend pas la peine de se lever pour les accompagner jusqu'à la porte.

Mieux que le mug du Tour de France !

Agathe a chaud. Elle irait bien se baigner. Elle imagine la fraîcheur de l'eau et sa main qui tient le chiffon reste suspendue contre la fenêtre. Dehors, Victor pioche pour enlever les mauvaises herbes entre deux pieds de tomates. De la sueur coule sur son dos nu, déjà bronzé par toutes ces heures passées dans le potager.

Agathe se souvient de leur première rencontre, au bal de Saint-Léger-le-Guérétois. Elle l'avait repéré tout de suite, appuyé contre un mur dans un coin de la salle, grand gaillard blond aux épaules larges et à la mâchoire carrée. Et, lorsqu'elle avait croisé ses yeux d'un vert si tendre qu'ils lui avaient fait penser à l'herbe qui renaît au printemps, elle avait su que ce serait lui et pas un autre.

À cette époque-là, il avait encore des cheveux, et il ressemblait à l'un de ces acteurs de cinéma dont les images couvraient les murs de sa chambre. Elle le regardait du coin de l'œil alors qu'elle dansait, croisait parfois son regard et détournait alors vite le sien, rougissante. Elle tournoyait entre les danseurs et sa jupe volait autour d'elle, laissant voir deux traits noirs courant le long de ses jambes. Elle les avait dessinés elle-même avec un feutre avant de partir, pour faire croire qu'elle portait des bas. Ses parents paysans n'auraient pu lui payer un tel luxe.

Victor s'arrête un instant, attrape son tee-shirt posé sur un piquet d'acacia, s'éponge le front, lève la tête vers sa femme et lui sourit. Agathe lui rend son sourire. Elle lui fait coucou. La passion récente de son mari pour le jardinage l'inquiète un peu, mais elle se rassure en se disant que c'est passager et qu'il fait ça pour s'occuper. Victor n'est pas homme à rester bien longtemps en place. Elle voyait bien comme il était heureux, il n'y a pas si longtemps encore, quand il s'agissait de repartir les lundis matin, fier comme Artaban au volant de son trente-huit tonnes décoré comme un sapin de Noël, une pancarte avec son nom accrochée au pare-brise et la cibi en route sur le canal 19, avant même que le moteur tourne.

Victor se remet au boulot. Son dos se courbe. Son corps long et encore musclé s'active en cadence. Agathe soupire. Pour avoir vu ses parents s'échiner à la ferme, elle sait à quel point le travail de la terre peut user. À la fin, sa mère se tenait aussi courbée que si elle était née bossue et elle voyait son père faire la grimace chaque fois qu'il essayait de se redresser.

Agathe se recule de la fenêtre pour vérifier le travail. Il reste quelques traces en haut à droite, mais elle en a plus qu'assez de faire les vitres. Elle aimerait déjà être à dimanche. *Plus que trois jours…* Trois jours à garder le silence, à rire sans que les autres comprennent pourquoi elle aborde la retraite avec tant de joie, elle qui claironnait sans cesse qu'elle n'était pas pressée d'y être !

Au début, quand elle avait découvert la somme sur le ticket à gratter, elle n'y avait pas cru parce qu'elle n'avait jamais rien gagné de sa vie, pas même le mug du Tour de France que toutes ses voisines avaient remporté le mois dernier au supermarché du coin. Elle s'était frotté les yeux. Dans son dos, des exclamations avaient fusé, d'abord retenues, puis de plus en plus fortes. Le chiffre circulait de l'un à l'autre. Cinquante mille… CINQUANTE MILLE !!! Comme ça. Sans rien faire. Juste pour le plaisir. Ses collègues l'avaient félicitée, embrassée, persuadés soudain que ça pourrait un jour leur arriver, à eux aussi.

Et tout de suite, Agathe avait su ce qu'elle en ferait. Elle leur avait fait promettre de ne rien dire à son mari et elle était repartie, le sourire aux lèvres, avec trois énormes bouquets dans les bras, un de l'équipe de cardiologie, un autre du service des urgences où elle avait travaillé plusieurs années, un autre qu'Emma lui avait remis de la part des ambulanciers, et le ticket gagnant bien au chaud dans son sac à main, à l'endroit où elle range d'habitude les billets, les tickets de caisse et ceux de la carte bleue.

Depuis, tout l'amuse, un rien la met de bonne humeur. Elle jette le chiffon dans le panier à linge et range la bouteille de vinaigre blanc sous l'évier. Victor relève la tête en entendant le bruit de la porte-fenêtre. Ses traits sont contractés par l'effort. Le soleil se reflète dans le vert de ses yeux et fait luire son crâne. Il met la main en visière pour regarder Agathe venir vers lui et il la trouve *même pas mal* dans son short en jean. Il pose son piochon contre le muret de pierres.

– T'as vu, les tomates Zébras sont en fleur.

Agathe se penche pour regarder. Victor bombe le torse. Il est fier de l'alignement parfait de ses rangées de tomates, de radis et de salades.

– Il faudrait qu'il pleuve un peu. La terre est dure comme du béton, ajoute-t-il. Il est quelle heure ?

– Pas loin de quatre heures. C'est largement le moment de faire une pause, non ? Je vais me baigner à l'étang de Courtille, tu ne veux pas m'accompagner ?

– Bof, je préfère finir. Et puis, j'ai promis à Jonathan de l'aider à faire sa vidange. Mais je boirais bien un coup, par contre.

Victor laisse d'abord couler l'eau pour qu'elle soit bien fraîche, avale plusieurs verres d'affilée, la tête penchée vers l'arrière, sans rien dire. Sa pomme d'Adam monte et descend, en cadence.

– Ben dis donc, mon cochon, on dirait que tu avais soif ! lui dit Agathe en riant.

Victor rince son verre et le remet à l'envers, sur l'égouttoir, pour la fois d'après, s'essuie la bouche d'un revers de main.

– Au fait, dit-il, Mady a appelé tout à l'heure, elle a besoin qu'on garde le chat la semaine prochaine.

– Encore ? Mais zut, ce n'était pas prévu au programme, ça !

Victor, qui s'apprêtait à ressortir, se retourne.

– Ah bon, et tu avais prévu quoi au juste ? demande-t-il en haussant les sourcils.

Agathe, prise de court, bafouille :

– Heu… Je ne sais pas, on pourrait aller rendre visite à Éliette, par exemple. Ça nous ferait du bien de partir un peu.

Victor hausse les épaules.

– Des vacances chez ta cousine ? Non merci. Si c'est pour s'ennuyer à mourir, je préfère mille fois rester là. Et franchement, Agathe, tu trouves que c'est le moment de partir, toi ? Avec le jardin qui démarre ?

– On pourrait demander à Jonathan de s'en occuper. Et du jardin et du chat. Et puis, je disais « Éliette » comme ça, au hasard, mais on pourrait très bien partir ailleurs, comme on le fait chaque été.

– Jonathan va à La Grande-Motte avec des copains la semaine prochaine, lui rappelle-t-il en retournant vers son carré de légumes. Et pour le chat, c'est trop tard, j'ai déjà dit oui.

Agathe est un peu déçue. Encore plus par la réaction de Victor que par la présence du chat. C'est bien la première fois qu'elle l'entend rechigner à bouger d'ici, et ça non plus, ça n'était pas prévu au programme ! Mais dimanche, il changera d'avis, Agathe en est persuadée. Par contre, il faudra qu'elle pense à dire à Amandine, leur cadette, surnommée Mady depuis toujours, de ne plus trop compter sur eux pour le chat dans les semaines à venir. Elle veut bien décaler les vacances d'une semaine, mais ensuite, elle a bien l'intention d'en profiter à fond !

Noces de fer

C'est un beau dimanche, un de ceux qu'on apprécie encore plus quand la journée s'annonce festive. Agathe fredonne en passant les tomates sous l'eau. Près d'elle, Victor sort un grand plat en verre du frigo. Il le pose sur le plan de travail et en retire le couvercle. Quand il lui avait suggéré de prévoir un repas riche en fer pour la circonstance, Agathe avait trouvé ça très drôle. « Tope là, serrons-nous la pogne d'une main de fer ! » lui avait-elle répondu en tendant son bras, et elle s'était empressée d'élaborer le menu en ajoutant qu'il est important de battre le fer tant qu'il est chaud.

La jeune retraitée ne tient plus en place. Ce matin, elle s'est levée bien avant les autres, quand elle en a eu assez de tourner en rond dans des draps trempés de sueur à cause de toute cette agitation qui l'empêche depuis quelques jours de s'abandonner aux bras de Morphée comme elle le fait d'habitude si facilement. Plusieurs fois pendant la semaine elle avait failli lâcher le morceau. Elle s'arrêtait sur le fil, se mordait les lèvres, enchaînait le plus vite possible sur un autre sujet mais ne pouvait s'empêcher de rire, au point que Victor fronçait les sourcils, ne comprenant pas d'où lui venait cette hilarité soudaine. Jonathan lui avait même demandé si elle s'était mise à fumer la moquette.

Agathe coupe les tomates en petits tronçons, suspend son geste. Elle soupire, regarde Victor qui parsème les côtes de bœuf de thym et de poivre puis les arrose copieusement d'huile d'olive.

– Quand même, Vic, tu te rends compte, quarante et un ans déjà…

Quatre décennies, trois enfants, deux petits-enfants. Et un chat. Mais quelle idée Mady a-t-elle eue de recueillir cet animal alors qu'elle est si souvent absente ? Et qu'elle vit dans un appartement ? Agathe l'imagine bien débarquant tout à l'heure avec tout l'attirail indispensable au bonheur de son Gargouille à poils fauves : le gros coussin vert et la couverture assortie, le sac de croquettes enrichies en nutriments et censées retarder son vieillissement, la litière, le lapin en peluche qui n'a plus d'oreille depuis belle lurette, et très certainement cet horrible jouet en forme de souris qui émet des bruits stridents et dans lequel il s'amuse à mordre à longueur de journée et parfois même la nuit, ce qui a pour effet d'exaspérer Agathe au plus haut point.

Victor sourit en versant les lentilles cuites dans un saladier en bambou qu'Agathe avait trouvé si joli qu'elle n'avait pu s'empêcher de l'acheter, malgré un cruel manque de place dans les placards.

– C'est vrai que ça passe vite, lui répond-il en attaquant l'épluchage des oignons. Mais maintenant qu'on est tous les deux à la retraite, on va pouvoir en profiter.

Agathe hoche la tête, sincère, radieuse, elle qui la semaine dernière encore redoutait ce changement de vie. À l'aide de son couteau, elle fait glisser les morceaux de tomates sur les lentilles.

– Dommage que ce ne soient pas les nôtres, ces tomates, commente Victor en la regardant faire. Non seulement elles auraient plus de goût mais bien plus de vitamines aussi.

Une larme coule sur sa joue. Il l'essuie machinalement, d'un revers de manche.

– Je crois que dans pas longtemps je planterai aussi des oignons, reprend-il. *Pour sûr* qu'ils piqueront moins que ceux-là. Va falloir que je regarde, je sais pas trop à quelle période on peut les mettre.

Agathe ne dit rien. Elle se tourne vers l'évier pour que Victor ne remarque pas son visage soudain rembruni, se passe les mains sous l'eau, lentement, prend le temps de les essuyer. Mais elle se veut confiante. Elle respire un grand coup. Tout à l'heure, quand Victor verra ce qu'elle lui réserve, le calendrier des plantations ne sera plus qu'un lointain souvenir !

– Et Jonathan, poursuit-elle pour changer de conversation, tu crois qu'il va se lever, un jour ?

– Il s'est couché tard, je l'ai entendu rentrer vers quatre heures. C'est pas étonnant qu'il ait du mal à émerger.

Comme à peu près tous les dimanches… Agathe soupire. Ils l'auraient appelé Tanguy s'ils avaient su qu'à vingt-sept ans il se sentirait toujours aussi bien chez papa-maman. Et le pire, c'est qu'il part en vacances cette semaine, pile au moment où ils auraient besoin qu'il soit là.

– Je monte toquer à sa porte, dit-elle en quittant la cuisine.

– Envoie-lui donc un texto, lui crie Victor. Ça t'épargnera le voyage.

Agathe rit. Le carillon de l'entrée retentit alors qu'elle pose le pied sur la dernière marche. Au même moment, Jonathan sort de sa chambre, sa serviette de toilette à la main. Ses longs cheveux blonds et filasse masquent en partie son visage. Ses yeux sont bouffis, conséquence évidente d'une nuit trop courte. Il fait vaguement signe de la main à sa mère avant de disparaître dans la salle de bains et Agathe, rassurée, effectue un demi-tour pour redescendre l'escalier. Avec Victor, ils s'inquiètent souvent pour leur petit dernier. Jonathan semble parfois si perdu qu'ils ignorent s'il trouvera un jour l'énergie de quitter le cocon familial. Pourtant, il a du tempérament et sait même sortir les poings à l'occasion. La défense de Mady, sa plus jeune sœur, chahutée par des loubards dans une discothèque, il y a quelques mois, lui avait d'ailleurs coûté un nez cassé et définitivement dévié vers la gauche.

Agathe n'est pas du tout surprise d'entendre les voix des petits quand Victor ouvre la porte. Elle aurait parié sa part de poire Belle-Hélène que Flore, l'aînée de leurs trois enfants, serait là la première, avec toute sa petite famille. Mélina, belle comme un cœur dans sa robe turquoise, tient un énorme bouquet dans les bras, mélange de roses, de pivoines et d'autres fleurs dont Agathe ignore le nom. Timéo, son frère jumeau, serre fort contre lui une bouteille de Saint-Émilion, fier comme un pape du rôle qui lui a été confié.

– Bon anniversaire, papy et mamy, disent-ils en chœur.

Agathe, radieuse, étreint ses petits-enfants contre elle, longuement. Elle se redresse puis embrasse Flore et Rodolphe, veut savoir s'ils ont fait bonne route, puis les entraîne vers la cuisine, au bout du couloir.

La pièce est spacieuse, lumineuse, avec sa grande baie vitrée coulissante qui donne sur la terrasse. Quand ils avaient fait construire la maison, c'est Victor qui avait tenu à avoir un grand volume avec vue sur le jardin. Mais ils avaient choisi une cuisine séparée des autres pièces, *pas comme dans ces maisons modernes où tout est ouvert et où les odeurs de friture te poursuivent jusque devant la télé, le soir, alors que tu aimerais passer à autre chose*, avait dit Victor d'un ton ferme et définitif.

Rodolphe serre dans ses bras un paquet-cadeau à la forme allongée, un énorme poisson en fer forgé que Flore a dégoté sur le Net et qu'elle a choisi pour rester dans le thème du jour. Il s'en débarrasse sur l'immense table en hêtre massif, à l'endroit que sa belle-mère lui indique, près d'une enveloppe sur laquelle les prénoms d'Agathe et de Victor sont inscrits au feutre doré. Pour Rodolphe, ça sent le cadeau commandé sur Internet en dernière minute et remplacé par une photo parce que la livraison n'a pas pu être effectuée dans les temps. Il sourit, rassuré de ne pas être le seul à qui ça arrive. On se débrouille comme on peut avec les moyens du bord !

Agathe attrape un vase en porcelaine blanc décoré de coquelicots. Elle le remplit d'eau, débarrasse le bouquet de son emballage transparent et dépose délicatement les fleurs dans le vase, en les écartant un peu.

– Oh maman, c'est magnifique ! s'exclame Flore en découvrant la table dressée sur la terrasse, par-delà la porte-fenêtre.

Agathe se rengorge en suivant sa fille à l'extérieur, le vase dans les mains et les enfants sur ses talons.

– C'est vrai, tu aimes ? Tu as vu, j'ai même trouvé des dessous-de-plat en forme de fer à cheval. Et tous les petits bouquets sont dans des pots en fer, évidemment !

– Ce qui est sûr, c'est que c'est plus facile et moins coûteux à mettre en scène que les noces de diamant ou de rubis, répond Flore en riant.

Agathe pose le vase au centre de la table, sur la nappe blanche réservée aux grandes occasions. Rodolphe emboîte le pas à Victor qui tient à lui montrer son potager, tandis que les petits se précipitent vers le portique de jeux. La sonnette retentit et Agathe se dirige vers l'entrée pour accueillir Mady, bien jolie avec sa minijupe rose et son débardeur à dentelles. Tout sourire, la jeune fille lâche le chat dans l'entrée et embrasse sa mère, tandis que Flore rejoint les autres pour admirer, elle aussi, le travail de leur jardinier de père.

Mais où est donc passée Emma ?

Sur le portique du jardin, les enfants ne se lassent pas d'effectuer des allers-retours sur le toboggan. Ils s'emboutissent à l'arrivée, pleurent, se bousculent pour atteindre l'échelle en premier, puis se disputent la balançoire, sautent, courent, poussent de hauts cris comme seuls les enfants savent le faire, provisoirement libérés de ce repas déjà trop long où la seule distraction avait été de donner à manger au chat, en douce, sous la table. D'ailleurs, le ventre gonflé et repu, Gargouille est vautré sous un bosquet, les pattes étendues sur le côté et les yeux clos sur un monde qui n'appartient qu'à lui.

Autour de la table, les conversations sont animées, les exclamations et les rires fusent de toutes parts, comme chaque fois que toute la famille se trouve réunie. Agathe s'active, refuse l'aide qu'on lui propose, débarrasse les plats, en amène d'autres. Sans cesse, elle trouve de nouveaux prétextes pour bouger, retourne à la cuisine, vérifie l'heure, consulte son portable. Le message d'Emma arrive enfin, alors qu'elle termine de remettre les fromages dans leurs emballages respectifs. Elle attrape l'enveloppe sur la table et la glisse dans la poche arrière de son corsaire de coton blanc avant de retourner vers les autres.

Jonathan, qui lutte depuis un moment pour ne pas s'endormir, veut offrir les cadeaux sans attendre le dessert. Les autres approuvent. Il se lève pour aller chercher le sien mais Agathe le retient par le bras et propose à la cantonade une petite promenade digestive. Victor, qui n'en peut plus de rester assis, trouve l'idée excellente. Les autres rechignent mais, devant l'insistance des parents, ils finissent par quitter leurs chaises, lourdement et sans grande conviction.

Les filles ont besoin de passer aux toilettes, les hommes, légèrement éméchés, se dirigent vers la porte d'entrée d'une démarche quelque peu chaloupée. Agathe les presse, les pousse, les encourage, promet aux petits une jolie surprise pour qu'ils abandonnent la balançoire, et parvient enfin à ramener tout son petit monde à l'extérieur. Elle verrouille la porte derrière eux, scrute le bout de la rue, mais Emma n'est toujours pas arrivée. Elle se demande ce que fiche son amie. Elle devrait déjà être là !

Le cortège s'ébranle, Mélina et Timéo en tête. Ils courent autour de Jonathan qui fait mine de les attraper à chacun de leurs passages. Leurs cris s'élèvent et emplissent ce quartier où les maisons, construites dans les années soixante-dix, ont la particularité d'être entourées de grands terrains, pas comme dans les lotissements d'aujourd'hui où les voisins sont si proches que les soirées entre amis se terminent tôt et dans le silence ou à l'intérieur de la maison, fenêtres et portes closes.

Agathe, les yeux rivés sur le bout de la rue, est de plus en plus inquiète à mesure qu'ils se rapprochent du parking où Emma devrait déjà être là à les attendre. Elle ne comprend pas ce qui a pu se passer et rejette très vite l'image d'un accident et de son amie en charpie à l'intérieur du véhicule. Son portable, soudain, vibre et sonne dans sa poche arrière ; elle s'en empare si vivement que Victor se retourne, surpris. Tout à son émotion, la jeune retraitée ne s'en aperçoit pas.

– Qu'est-ce qui t'arrive ? Tout va bien ? demande-t-elle très vite, sans attendre la réponse entre ses deux questions.

Victor veut savoir qui c'est et Agathe relève une tête si déconfite que l'inquiétude le gagne à son tour.

– Bouge pas, j'arrive, dit-elle en raccrochant. C'est Emma, explique-t-elle à son mari, elle est en panne d'essence au croisement de la route à quatre grammes, tu sais, celle qui va aux Moulins. Tu as un bidon vide à me passer, j'espère ?

Victor grogne un peu, trouve que c'est du grand n'importe quoi de prendre la route avec le réservoir presque à sec et Agathe l'écoute râler tout en espérant qu'il n'ajoutera pas, parti sur sa lancée et dans le feu de l'action, qu'il n'y a qu'une femme pour faire ce genre de connerie ! Fort heureusement, il s'en abstient, mais la jeune retraitée s'en veut terriblement de n'avoir pas pensé à passer à la station-service l'autre jour. C'était évident, pourtant, que le concessionnaire ne se serait pas amusé à faire le plein pour ses beaux yeux ! Et Emma, qui a pourtant l'habitude de conduire, elle aurait pu faire gaffe, aussi !

– C'est moi qui vais y aller, dit Victor à son épouse en ressortant du garage avec un bidon rempli du précieux liquide. Tu n'as qu'à rester avec les enfants.

Mais Agathe ne veut rien entendre. C'est à elle de dépanner Emma et à personne d'autre ! Elle s'en voudrait de gâcher leur journée, ajoute-t-elle d'un ton affirmé, alors qu'en réalité son seul souci est d'aller jusqu'au bout de sa surprise.

Surprise !

Agathe se range le long du trottoir devant chez elle. Elle se dépêche de sortir de sa voiture pour guider Emma qui amorce déjà son virage pour se garer dans la cour. Elle a l'impression que ses jambes sont montées sur des ressorts, comme un de ces jouets pour enfant qui n'en finit plus de rebondir quand on appuie dessus. Avec Emma, elles avaient préféré changer le plan initial. Agathe se voyait mal leur refaire le coup de la promenade, et puis, après tout, la découverte ne serait-elle pas encore plus agréable pour tous dans un cadre familier plutôt que sur un vulgaire parking de lotissement ?

Victor ne reconnaît pas le bruit de la voiture de sa femme. Assis sur une chaise en bout de table, sur la terrasse, il tourne la tête vers la cour. Il se lève en voyant Emma descendre d'un véhicule que personne ne lui connaissait jusqu'alors. Les autres, à moitié avachis et pressés de donner les cadeaux pour remettre de l'ambiance, se lèvent à leur tour, ravis par la diversion.

– Tu t'es acheté un camping-car ? lui demande Flore en l'embrassant.

– Pas exactement, répond Emma d'un air mystérieux.

Elle sort une cigarette de sa veste en jean, prend le temps de l'allumer et de recracher la fumée, les paupières mi-closes. Elle sourit, regarde Agathe, lui décroche un clin d'œil.

– Demande à ta mère, ajoute-t-elle en se tournant à nouveau vers Flore.

Agathe les regarde, les uns après les autres. Elle prend son temps, savoure son effet de surprise.

– D'abord, vous le trouvez comment ? finit-elle par leur demander, en montrant le bel engin d'un vaste geste du bras.

Les regards convergent vers le camping-car, reviennent vers Agathe. Personne ne dit rien. Tous attendent la suite.

– Il est beau, non ? ajoute Agathe en souriant de plus belle, les yeux brillants de tout ce bonheur qu'elle a de plus en plus de mal à contenir.

Mélina et Timéo ne bougent plus. Ils sentent que quelque chose d'important est en train de se passer. Ils observent leur mamy, se demandent toujours quelle est cette grande surprise qu'elle leur a promise. Jonathan est le premier à réagir.

– Oui, il est pas mal, dit-il en regardant encore une fois la carrosserie blanche traversée d'une grande ligne bleue dont la courbe remonte vers l'arrière.

Son regard se pose ensuite sur sa mère, interrogatif.

– Tu nous expliques ? lui demande-t-il.

Agathe rit, nerveusement, ne sait pas par où commencer. Les mots qu'elle s'était imaginé dire, qu'elle avait tournés et retournés dans sa tête pendant plusieurs jours en les reformulant sans cesse, s'envolent et disparaissent comme s'ils n'avaient jamais existé. Elle se racle la gorge, rassemble ses idées, le cœur gonflé d'émotion.

– Alors voilà, dit-elle enfin, comme chacun le sait, votre père, votre grand-père… et beau-père, ajoute-t-elle pour ne pas oublier Rodolphe, et moi aimons voyager.

Évidemment, ça, ce n'est un secret pour personne. Flore, l'aînée, s'en souvient encore plus que les autres. Avec les parents, les vacances ressemblaient toujours à une nouvelle aventure quand ils empilaient la toile de tente, quelques vêtements, le réchaud à gaz et des gamelles dans le coffre du vieux tout-terrain que son père passait des heures à entretenir, rafistoler, les mains pleines de cambouis et le visage soucieux lorsqu'il ne trouvait pas la panne. Flore se rappellera toujours de ce jour où, en pleine cambrousse jurassienne, ils s'étaient réveillés au son des cloches agitées par tout un troupeau de vaches et où l'une d'entre elles, énorme, les mamelles enflées, broutait à moins d'un mètre de la tente. La gamine avait eu tellement peur qu'elle n'avait pu s'empêcher de crier, et l'animal était parti en courant rejoindre ses congénères un peu plus loin.

– Alors voilà, reprend Agathe en se raclant une nouvelle fois la gorge, cette petite merveille est à moi.

Elle regarde Victor et ajoute très vite :

– Enfin… à nous.

– Comment ça, à nous ? demande Victor qui, lui, ne sourit pas.

Agathe sort l'enveloppe de sa poche, la tend à son mari.

– Bon anniversaire, mon chéri, lui dit-elle.

Après lui avoir jeté un regard interrogatif, Victor ouvre l'enveloppe et y trouve plusieurs documents administratifs, au format A4, pliés académiquement en trois. Il y a même la photocopie de sa carte d'identité, recto verso.

– J'attendais ta signature pour les envoyer à la préfecture, précise-t-elle, impatiente de passer à la suite. Comme ça, la carte grise sera à nos deux noms.

Victor ne comprend pas. Il relit le certificat de vente, regarde Agathe, revient vers les papiers.

– Ça doit coûter une blinde, un engin pareil ! intervient Jonathan.

Agathe sourit, se tourne vers lui.

– Tu l'as payé combien ? demande Victor, qui commence à réaliser ce qui se passe.

Il est inquiet, soudain. Ils ont de l'argent de côté, bien sûr, mais ils s'étaient toujours dit qu'ils n'y toucheraient qu'en cas d'absolue nécessité, et jamais au grand jamais ils n'avaient parlé d'acheter un camping-car ! Il ne comprend pas qu'Agathe ait pris une telle décision sans le consulter. Il sent la colère monter en lui. *Sa femme aurait pu lui en parler, tout de même !*

Sans lui laisser le temps d'exprimer son mécontentement, Agathe reprend la parole. Elle leur raconte tout, de son angoisse de la retraite au cadeau de ses collègues, du ticket gagnant à l'achat de ce camping-car qui leur permettra, à elle et à Victor, de partir aussi souvent qu'ils le désirent et le plus possible, dit-elle encore. Elle ajoute en regardant Mélina et Timéo, le cœur gonflé d'émotion, qu'il y a même une couchette de plus pour eux.

– Et si on passait à la visite ? dit-elle pour conclure.

Sans attendre de réponse, elle attrape le bras de son mari et l'entraîne de l'autre côté du véhicule, déverrouille la porte latérale et actionne le marchepied hydraulique, aussi fière que si elle lui présentait la huitième merveille du monde.

Les grands projets !

Près d'Agathe, les visites continuent, ça sort, ça entre. On s'interpelle, on commente, on s'extasie. Mélina et Timéo sautent dans tous les sens, plus excités que des puces sur la litière abandonnée d'un chat de gouttière. Agathe sent de nouveau les larmes lui monter aux yeux. Victor replace le papier du contrôle technique dans la pochette verte qui contient également les factures d'entretien. Il la referme, rabat les élastiques et la tend à Agathe. Il retire ses lunettes de presbyte et les range dans la poche de sa chemise de coton blanche à fines rayures vertes qu'il ne sort que pour les grandes occasions.

– Ça va, je crois que tu as fait une bonne affaire ! dit-il.

Il sourit et une nouvelle vague d'émotion envahit la jeune retraitée, d'autant plus que personne ne s'est amusé à reparler de cette stupide panne d'essence. Une onde de chaleur tourbillonne dans son ventre. Victor refait encore une fois le tour, examine les coffres de rangement prévus à l'arrière et de chaque côté, éprouve la robustesse des serrures, soulève une à une les bouteilles de gaz pour vérifier qu'elles sont bien pleines toutes les deux, comme le vendeur l'a assuré à sa femme. Peu de kilomètres et un contrôle technique vierge. À peine six mètres et des poussières de long. Victor se couche sous le véhicule. À la lumière de son téléphone portable, il examine le châssis, ne voit rien de particulier, se relève, époussette ses genoux et ses fesses, vérifie les plaquettes de frein et l'état des pneus, et là non plus il ne trouve rien à redire.

C'est l'intérieur que Victor apprécie moins. Il ne sait pas si c'est parce qu'ils étaient plusieurs à visiter en même temps, tout à l'heure, mais il s'y sent trop grand, trop large, volumineux presque. Pourtant, tout est bien aménagé. Agathe a même pensé à choisir un modèle où les toilettes sont séparées du coin lavabo-douche. Et, comme elle le disait tout à l'heure aux petits-enfants, il y a même la possibilité de rajouter un lit pour eux. Elle aurait préféré un modèle moins long, plus compact, mais elle tenait fermement à ces deux options, explique-t-elle, ainsi qu'au grand lit fixe avec son matelas 100 % latex à mémoire de forme. Elle précise en riant qu'ils n'ont plus l'âge de dormir n'importe où.

Mélina et Timéo sont surexcités. Ils galopent autour du camping-car comme des chevaux sauvages, veulent refaire la visite, repartent en courant vers le marchepied, bousculent Amandine et Jonathan au passage. Emma tente de les arrêter avant qu'ils n'entrent, mais, l'un derrière l'autre, ils forcent le passage. Flore se précipite à leur suite, attrape son fils d'une main et sa fille de l'autre. D'une poigne ferme, elle les oblige à faire demi-tour.

– Vous parliez bien de les emmener en vacances, ces deux-là ? demande-t-elle à ses parents en la rejoignant. Ma foi, je vous souhaite bon courage !

– Bien sûr qu'on les emmènera, tu penses bien ! répond Agathe. Je disais justement à papa qu'on pourrait partir un peu avec eux du côté des Landes quand vous serez revenus de Bretagne… Et si on se rejoignait au Puy du Fou ? suggère-t-elle alors, prise d'une soudaine inspiration. Il paraît que ça vaut le détour.

– Oui, pourquoi pas, ça pourrait être sympa, assure Flore en souriant à sa mère. Par contre, n'oublie pas qu'ils partent en colo le 12 juillet.

– C'est quoi le Puy du Fou ? s'enquiert Mélina.

– Un des plus beaux parcs du monde ! lui répond Agathe en caressant délicatement sa tête blonde aux cheveux frisés.

– Avec des manèges ?

– Non, ma chérie. Mais à mon avis, ça te plaira. Et à Timéo aussi, j'en suis sûre. Il y a des spectacles avec des drakkars, des batailles de chevaliers, des aigles, des magiciens, des marionnettes, et même des courses de chars comme dans *Ben-Hur*.

– C'est quoi *Ben-Hur* ? interroge Timéo dont les yeux brillent depuis l'évocation des chevaliers.

– Je te montrerai sur Internet, intervient Flore avant qu'Agathe ne se lance dans quelque explication historique. Et du coup, vous allez partir où cet été ?

– D'abord Les Sables-d'Olonne, n'est-ce pas, Vic ? Il faut moins de six heures pour y arriver en passant par Niort. Et après le week-end au Puy du Fou, on pourrait descendre vers le sud, poursuit-elle sans consulter son mari. Ça fait des années qu'on évite la Côte d'Azur l'été à cause du prix des locations.

Victor fronce les sourcils.

– Tu sais qu'avant septembre, voire octobre, on ne peut pas partir trop longtemps. Je ne peux pas laisser le potager en ce moment.

– Mais si, bien sûr que tu peux, Vic. Pour le jardin, Jonathan sera là, il m'a dit qu'il ne bougerait plus de l'été après sa semaine à La Grande-Motte. Il travaille jusqu'à fin septembre à l'étang de Courtille, tu sais bien !

Elle se tourne vers Jonathan qui confirme, mais visiblement sans grand enthousiasme. Agathe se tourne à nouveau vers Victor.

– Je suis sûre qu'il se débrouillera parfaitement bien pour mettre un coup d'arrosage tous les deux ou trois jours, comme tu le fais toi-même.

– Mais enfin, Agathe, rétorque Victor, il n'y a pas que l'arrosage, il y a aussi le binage, le désherbage !

Agathe regarde son mari, soudain inquiète. Elle ne s'imaginait pas qu'il aurait tant de mal à quitter son lopin de terre, lui qui a toujours eu besoin de mouvement. Elle veut bien attendre quelques jours pour partir, puisqu'ils sont coincés avec le chat cette semaine, mais encore une fois, elle ne s'imagine pas une seconde passer tout le reste de l'été ici, surtout maintenant qu'ils n'ont plus à s'inquiéter de trouver un logement, où qu'ils aillent. Mais Agathe, éternelle optimiste, se veut confiante. Et elle connaît suffisamment son mari pour savoir qu'il changera très vite d'avis.

Roule ma poule !

Comme la première fois, Agathe tremble un peu au moment de démarrer. Elle aurait préféré que ce soit Victor qui conduise mais, comme il le lui a dit plusieurs fois, c'est important qu'elle s'y mette elle aussi pour le cas où il se coincerait le dos, ou se casserait une jambe, ou serait tout simplement trop fatigué pour prendre le volant, voire aurait un peu forcé sur l'apéro. Mais elle sait aussi que conduire avec Victor à ses côtés n'est pas toujours facile. Combien de fois ne l'a-t-elle pas entendu s'énerver parce qu'elle freine trop tard ou n'accélère pas assez en sortie de virage, ou parce qu'elle ne se rapproche pas suffisamment de la voiture de devant pour pouvoir la doubler !

Elle vérifie encore une fois le réglage du siège conducteur en appuyant sur la pédale d'embrayage, actionne la commande électrique du rétroviseur, rapproche légèrement celui de droite, jette un œil à Victor qui active le GPS. Il n'a pas du tout l'air inquiet et ça la rassure.

– Allez, roule ma poule ! lui dit-il en fixant l'appareil sur son support.

Agathe sourit, tourne la clef dans le contact. Le moteur ronfle, sourd, puissant. Elle baisse ses lunettes de soleil, embraie, accélère. Le moteur tousse et s'arrête presque aussitôt. Un peu confuse, elle recommence. À son grand soulagement, Victor ne fait aucun commentaire. Elle se concentre, lâche doucement l'embrayage, le pied droit sur la pédale d'accélérateur, passe la deuxième, puis la troisième vitesse.

La journée est magnifique, exactement comme elle en avait rêvé. Douce, belle et ensoleillée, et surtout sans le chat qui est enfin reparti hier au soir dans les bras de sa maîtresse. Amandine leur a promis de trouver une autre solution pour la prochaine fois, au cas où Jonathan ne serait pas là non plus. Ce qui est sûr, c'est que Flore ne le prendra jamais, avec un mari allergique comme pas deux aux poils d'animaux, chats, chiens et cochons d'Inde confondus. La seule fois où ils l'avaient gardé, Gargouille n'avait rien trouvé de mieux à faire que de squatter leur lit et Rodolphe avait développé un eczéma tellement violent qu'il s'était gratté toute la nuit, à en devenir fou. C'est Agathe qui, en urgence, avait récupéré l'animal en sortant de l'hôpital, au petit matin, après une nuit difficile à courir d'un patient à un autre, alors que son seul désir aurait été d'aller se reposer enfin. Mady avait donc dit, bien sûr, que si elle avait su, jamais elle n'aurait pris de chat. Et Agathe avait pensé, fort justement, qu'elle aurait en effet mieux fait de s'abstenir. Elle s'en était voulu tout de suite. Après tout, cette pauvre bête n'y était pour rien, et Amandine lui donnait tellement d'affection que ça aurait été dommage de l'en priver.

À la sortie de Saint-Sulpice-le-Guérétois, Agathe passe la quatrième, puis la cinquième. Elle n'est qu'à moitié rassurée sur ces routes trop étroites. Mais le pire ne tarde pas à se présenter. Un camion arrive en face et elle panique à l'idée que la route n'est pas assez large pour permettre le passage des deux véhicules. Elle lève alors le pied, freine, rétrograde, prête à se garer en urgence sur le bas-côté. Victor se moque d'elle et Agathe fait mine de se fâcher, mais elle sait bien qu'il a raison et s'accroche à l'idée que ce n'est qu'une question de temps et que dans quelques jours ça ira beaucoup mieux.

La radio diffuse des chansons anciennes, françaises pour la plupart. Agathe tapote sur le volant, sans le lâcher. Ses bracelets cliquettent à chacun de ses mouvements et leur doux tintement lui fait du bien. Il souffle dans l'air comme un parfum de liberté, plus fort, plus enivrant que tous ceux des vacances antérieures. Aujourd'hui, non seulement ils n'ont plus à prévoir leur hébergement à l'avance, mais en plus, s'il pleut dans un coin, ils iront plus loin. Et qui a dit qu'on ne peut rien faire parce qu'il fait moche ? En préparant les bagages, Agathe a pensé à prendre la mallette de jeux de société, une pile de magazines et quelques bons romans, pour le cas où. Et puis, ils pourront se promener, car comme chacun le sait, la pluie n'a jamais fait fondre personne…

Agathe caresse le volant. Le plaisir de ce voyage l'emplit d'un bonheur si intense que de nouveau, sans qu'elle puisse les retenir, les larmes lui montent aux yeux. Elle se demande une fois de plus ce qui se serait passé s'ils n'avaient pu se payer ce magnifique véhicule. Combien de fois par le passé avait-elle imaginé qu'ils vieilliraient comme deux vieux cons, ne sachant plus quoi se dire après avoir épuisé toutes les banalités du quotidien ? Combien de fois s'était-elle interrogée sur ces journées interminables, toujours les mêmes, où l'on ne sait plus si c'est un mardi, un mercredi ou déjà le jeudi, et où les murs de la maison finissent par te sortir par les yeux alors que tu n'en peux plus d'enchaîner mots croisés, anagrammes et sudokus pour passer le temps ?

– Tu veux que je te reprenne ? demande Victor.

Agathe, perdue dans ses pensées, sursaute en réalisant qu'un autre camping-car, encore plus grand que le leur, arrive en face. Elle lève le pied, donne un coup de volant vers la droite. Les roues mordent le bas-côté au moment où les deux véhicules se croisent et elle ne parvient à récupérer la trajectoire que de justesse. Victor lui crie de faire attention. Agathe est confuse. Elle se rend compte que ça fait un moment qu'elle conduit en mode automatique et qu'il est en effet largement temps pour elle de céder la place.

Les kilomètres défilent, plus vite depuis que c'est Victor qui conduit. Si tout va bien, ils seront à La Roche-sur-Yon vers midi, ce qui leur laissera tout l'après-midi pour flâner dans les allées du « Potager extraordinaire ». Victor espère y trouver des variétés de légumes qu'il ne connaît pas et peut-être glaner quelques graines et conseils de jardinage.

Les collines s'aplatissent à mesure qu'ils approchent de l'océan. Des champs s'étendent à perte de vue, écrasés par le soleil, arrosés par d'énormes jets d'eau qui, parfois mal réglés, inondent l'asphalte et obligent les automobilistes à relever leurs vitres. De temps à autre, une maison isolée et posée là comme par hasard casse la monotonie de ce paysage où l'agriculture intensive a grignoté petit à petit une nature luxuriante faite de forêts et de prairies, provoquant le départ de la plupart des animaux sauvages vers un autre paradis, si loin parfois que beaucoup n'y sont pas parvenus.

Victor jette un œil au GPS, bifurque à gauche, puis à droite, fait demi-tour au bout de la rue, refait un passage dans l'autre sens. Rien ne ressemble à ce qu'il s'était imaginé. Dans la rue Alexandre-Fleming, les bâtiments industriels se succèdent et il a beau en refaire trois fois le tour en roulant au pas, il ne voit rien, pas la moindre parcelle de terrain qui puisse ressembler à l'entrée d'un potager pas même petit ou banal. Agathe se connecte sur Internet à l'aide de son portable, tape « Le potager extraordinaire » pour vérifier l'adresse du site.

– Laisse tomber, dit-elle, c'est fermé en ce moment, et apparemment ils ne rouvriront pas avant 2021. En plus, ça n'a pas l'air d'être dans ce coin-là du tout.

Victor est déçu, lui qui se réjouissait de cette visite plus que de toutes les autres prévues au programme.

Humeur maussade

Victor ronchonne. Il ouvre le tiroir du bas, en sort une casserole à manche amovible, accroche la poignée. Depuis ce matin tout l'énerve. Il a mal dormi, encore une fois. Il se baisse pour regarder par la vitre, tire sur le côté le petit rideau blanc qui l'habille. Dehors, Agathe dresse la table sous l'auvent. Elle chantonne. Victor ne l'entend pas mais il voit ses lèvres remuer. Il verse la boîte de petits pois-carottes dans la casserole et de l'huile d'olive dans une poêle à revêtement, à manche amovible elle aussi.

Les filets de poulet grésillent et l'odeur envahit l'habitacle. Victor vérifie encore une fois qu'il a bien refermé la porte en accordéon qui le sépare du coin couchage. Il détesterait être poursuivi par des relents de cuisine tout à l'heure, quand il ira faire la sieste pour rattraper sa mauvaise nuit, pendant qu'Agathe s'installera sur la chaise longue, les jambes au soleil et la tête à l'ombre avec son roman en cours.

– Humm, ça sent bon, dit Agathe en remontant le marchepied.

Elle sourit. Agathe sourit tout le temps en ce moment. Du matin au soir. Parfois même la nuit. Victor l'a vue, l'autre fois, alors qu'elle dormait, le visage tourné vers lui. D'abord, il en avait été ému. Et puis ça l'avait énervé. Il s'était levé sans faire de bruit et, assis sur la banquette du coin repas, les coudes posés sur la table, il avait passé le reste de la nuit à ruminer la manière dont il lui dirait enfin qu'il n'en peut plus. Que les choses ici ne sont pas à sa taille. Que ses pieds dépassent du lit. Qu'il se cogne un peu partout, tout le temps, au plafond, aux cloisons. Qu'il déteste le coin toilettes où ses genoux touchent presque la porte quand il doit s'y asseoir. Que leur maison lui manque, surtout le lit de la chambre d'amis où il peut se réfugier en cas d'insomnie et bouquiner tranquillement en attendant le petit matin, au lieu de se retrouver assis là à patienter bêtement jusqu'au lever du jour ! Qu'il aimerait pouvoir se rabattre sur le couchage supplémentaire mais qu'il repousse sans cesse le moment à cause du matelas, beaucoup trop mou, qui lui casserait *pour sûr* le dos en deux. Que la semaine prochaine ce sera pire, avec les petits-enfants qui l'empêcheront d'envisager le moindre repli. Et puis, surtout, ils n'ont toujours pas abordé la question du temps qu'ils passeront sur les routes et Victor s'en veut de n'avoir pas encore trouvé le courage de le faire.

La poignée en inox, recouverte de bakélite, tremble sous le poids de la poêle. Victor réussit à maintenir l'équilibre jusqu'à la table de camping dressée à l'ombre de l'auvent.

Derrière lui, Agathe arrive avec la casserole de légumes. Elle s'assied sur la chaise de camping en face de Victor, écarte les bras, étend ses jambes.

– Ça, c'est la vraie vie ! dit-elle, ponctuant sa phrase d'un long soupir de contentement.

– C'est vrai que tu as bonne mine, assure Victor en regardant Agathe qui lève son verre pour le cogner contre le sien, comme ils le font chaque fois qu'ils se mettent à table, même quand leurs verres ne contiennent que de l'eau.

Les yeux d'Agathe brillent d'un tel bonheur que Victor se tait et remet à plus tard la discussion sur le retour au bercail. Et puis, il faut bien l'avouer, l'endroit est magnifique et le camping en bord de mer où ils stationnent depuis trois jours offre de nombreuses commodités, tels le bar, le restaurant ou encore la piscine, sans compter les nombreux terrains de football, de volley, et surtout de pétanque où ils apprécient tous deux de disputer des parties en revenant de la plage ou d'une promenade dans les marais salants.

Agathe avale une gorgée, repose son verre, lui redit à quel point elle se réjouit pour le week-end qui s'annonce, avec Flore, Rodolphe et les petits. Elle pousse du couteau quelques petits pois sur sa fourchette, les porte à sa bouche.

– Quand on repartira vers le sud, reprend-elle en coupant un morceau de poulet, on pourrait quand même s'arrêter chez Éliette. Je l'appellerai après le repas, je suis sûre qu'elle sera ravie qu'on passe la voir. La pauvre, depuis que son mari est mort, elle ne voit plus grand monde. Mais t'inquiète, ajoute-t-elle en voyant la tête soudain maussade de Victor, je lui dirai qu'on est juste de passage. Et puis, on ne sera pas obligés de dormir chez elle, vu qu'on a le camping-car.

Et Victor se tait, alors qu'il sait bien que plus il attendra, plus les choses seront difficiles à dire. Il prend sur lui. Parce qu'Agathe sourit et qu'il aime son bonheur.

Un éclair zèbre le ciel, suivi quelques minutes plus tard par un coup de tonnerre. Victor ouvre les yeux, s'étire, regarde l'heure. Dix-sept heures quinze. Il n'en revient pas. Après le repas, le sommeil l'a emporté sans qu'il s'y attende alors qu'il croyait ne jamais pouvoir s'endormir après la discussion, ou plutôt le manque de discussion, de tout à l'heure. Il s'assied au bord du lit, déroule doucement son dos endolori, le frotte un moment, surtout dans le bas. Il fait rouler ses épaules en petits cercles, de l'avant vers l'arrière, bouge la tête à droite puis à gauche, étire ses bras, bâille à s'en décrocher la mâchoire.

Un nouvel éclair envahit l'habitacle. Victor compte jusqu'à quinze, se dit qu'il aura juste le temps de se dégourdir un peu les jambes avant l'arrivée de la pluie. L'esprit encore embué, il enfile son short bleu en toile et son tee-shirt jaune, celui qui fait rire Agathe parce qu'elle prétend que ça lui donne un look de canari. Il se cogne au plafond en sortant de l'espace couchage et râle en se frottant la tête.

Lorsqu'il soulève le rideau, Victor constate qu'Agathe a pensé à replier l'auvent et à mettre chaises et table de camping à l'abri, mais que le relax traîne toujours dehors.

Un nouvel éclair déchire l'horizon. Victor ouvre la porte latérale, actionne le marchepied, scrute les alentours. Il n'aperçoit sa femme nulle part, sans doute est-elle partie faire un tour. Il l'entend parler, pas très loin d'ici, et rire aussi. Victor prête l'oreille, mais il ne reconnaît pas les autres voix.

Il descend les deux marches qui le séparent de la terre ferme, plie la chaise longue et déverrouille l'espace rangement le plus proche de lui. Mais au moment où il tire la porte vers le haut, les chaises de camping tombent sur ses pieds et la douleur lui arrache un juron, vite emporté par une bourrasque plus violente que la précédente. Il parvient à rattraper la table au vol, juste à temps pour l'empêcher de suivre le même chemin. Le tonnerre gronde, beaucoup plus proche cette fois-ci. Agathe arrive en courant et l'aide à tout remettre en place.

– J'ai rencontré des gens bien sympas, dit-elle. Je te les présenterai tout à l'heure, quand l'orage sera passé. Ils s'appellent Jean-Pierre et Claudine. C'est un couple d'Alsaciens. Ils sont aussi en camping-car. Ils proposent qu'on mange ensemble, ce soir, au restaurant du camping.

Victor referme la trappe. Une goutte tombe sur sa main, presque aussitôt suivie d'une autre. Une nouvelle bourrasque soulève la robe d'Agathe qui la retient en gloussant.

– Je t'ai déjà raconté que chaque fois qu'il pleuvait, ma grand-mère allait courir pieds nus dans l'herbe mouillée ? demande-t-elle en grimpant dans le véhicule pour se mettre à l'abri.

– Une bonne centaine de fois, je pense. Et je crois savoir qu'elle disait que c'était pour se ressourcer, répond Victor en la suivant. Fais gaffe ou je vais finir par rajouter un G devant ton prénom.

– Très drôle, vraiment !

Claudine et Jean-Pierre

Quelques affiches de voiliers sur mer turquoise tentent d'égayer les murs dont le crépi s'écaille par endroits, y laissant des traces grises et sombres. La salle de restauration non plus ne paie pas de mine, avec ses tables et ses chaises disparates, en plastique pour la plupart, mais il y règne une ambiance si chaleureuse qu'on en oublierait presque qu'il pleut toujours dehors.

– Dommage qu'on ne se soit rencontrés qu'aujourd'hui, dit Claudine en reposant son verre de blanc.

– C'est vrai, approuve Agathe, assise en face d'elle. Mais on pourrait échanger nos téléphones, vu qu'on descend nous aussi vers le sud dans pas longtemps.

– Bonne idée ! s'exclame Claudine en sortant son portable pour enregistrer le numéro d'Agathe.

Victor n'ajoute rien parce que, pour le coup, ce n'est pas le moment. Il se baisse pour coincer un morceau de carton plié en quatre sous le pied de la table, se redresse, vérifie la stabilité de celle-ci et la trouve satisfaisante, puis remet son verre à niveau pour s'assurer de l'horizontalité du plateau.

– On va à Marseille la semaine prochaine, poursuit Jean-Pierre. Cette année, on s'offre le tour des calanques en bateau. Vous l'avez déjà fait ?

– Jamais, répond Agathe, mais l'idée est excellente. N'est-ce pas, Vic ? dit-elle en se tournant vers son mari.

Victor émet un vague bruit de la bouche qui pourrait aussi bien passer pour un oui que pour un non, mais Agathe ne cherche pas à en savoir plus, même si, une fois de plus, elle constate que son mari n'a pas l'air vraiment emballé par la perspective de descendre sur la côte.

– Après, on compte poursuivre vers l'Italie, renchérit Claudine, et ensuite vers la Croatie.

Agathe sourit. Oui, décidément, elle les aime bien, ces deux-là. Jean-Pierre avec sa casquette du Tour de France vissée en quasi permanence sur la tête et Claudine, sexagénaire sans complexe dont le décolleté plongeant vers des seins lourds attire immanquablement le regard. *Y compris celui de Victor*, constate alors la jeune retraitée. L'Alsacienne a la peau fripée, mais visiblement elle n'en a cure et Agathe aime cette simplicité. Leur accent alsacien la fait rire, cette façon qu'ils ont de traîner sur les syllabes et de remplacer les *j* par des *ch* et les *b* par des *p*.

– Enfin, c'est l'idée de Claudine, dit Jean-Pierre en se grattant le sommet du crâne. Moi, j'irais partout sauf sur la Côte d'Azur en ce moment. Beaucoup trop de monde à mon goût.

Victor saute sur l'occasion. Il renchérit, ajoute que si ça ne tenait qu'à lui, il ne partirait pas du tout pendant la saison touristique. Agathe fronce les sourcils mais elle ne fait aucun commentaire. Elle reporte son regard sur Claudine, qui elle non plus ne relève pas les propos des hommes. Elle lui demande s'ils ont déjà fixé une date pour leur retour.

– Ah non, répond-elle en souriant, on sait quand on part, on ne sait pas quand on rentre, c'est notre devise depuis qu'on a acheté le camping-car. Libres comme l'air !

Exactement ce dont Agathe rêve ! Oui, bien sûr, il y a les enfants et puis les petits-enfants, qu'ils verront sans doute moins souvent, mais ils seront si heureux dans leur nouvelle vie que les autres ne pourront que s'en réjouir.

Jean-Pierre et Claudine énumèrent toute une série de pays qu'ils ont déjà vus et d'autres où ils projettent d'aller. Victor donne son avis sur l'un ou l'autre, les met en garde contre l'autoroute slovène où des sociétés privées rackettent consciencieusement les touristes qui n'ont pas compris qu'ils devaient acheter une vignette en entrant sur le territoire. Il raconte encore comment il s'était retrouvé immobilisé pendant presque trois jours à la frontière marocaine parce qu'il lui manquait un tampon sur l'un des documents présentés. Agathe se souvient de cet épisode et de l'angoisse qu'elle avait eue, sur le point déjà de contacter les journalistes pour que le gouvernement sorte son mari de là.

Les hommes se mettent à parler de mécanique et Claudine, de son côté, explique à Agathe n'avoir jamais regretté son poste de secrétaire trilingue au sein d'une grosse entreprise où la cadence exigée l'avait plus d'une fois amenée à la limite du *burnout*, comme plusieurs de ses collègues. D'ailleurs, elle ne sait toujours pas comment elle a réussi à aller jusqu'au bout sans craquer, mais que bref, passons, tout ça n'est plus qu'un triste souvenir.

– Le plus important est de profiter du moment présent, n'est-ce pas ? dit-elle encore en levant son verre, aussitôt imitée par le reste du groupe.

Poursuivant sur le thème « boulot », Agathe leur parle de l'histoire incroyable qui circule depuis quelques mois au centre hospitalier de Guéret au sujet d'une femme arrivée un soir aux urgences en se plaignant de fortes douleurs au ventre. À l'échographie, le médecin n'avait pu que constater une grossesse d'au moins sept mois. Mais la patiente n'y croyait pas. Oui, bien sûr, elle avait un petit copain, avait-elle répondu, mais ils se protégeaient. L'infirmière avait alors suggéré qu'un jour, peut-être, le préservatif se serait déchiré, mais la femme s'en était offusquée, parce que – avait-elle expliqué – *c'est la grand-mère qui l'avait tricoté et que la grand-mère, elle savait y faire pour que ça ne casse jamais !*

Personne ne croit au récit d'Agathe, pas plus Victor que les autres, qui pourtant l'a entendu un certain nombre de fois, non seulement de la bouche de sa femme mais aussi de plusieurs autres de ses collègues. Il dit que personne ne serait assez stupide pour croire qu'un tricot peut stopper la course des spermatozoïdes, et qu'en plus l'effet de la laine sur les parties intimes doit être suffisamment douloureux pour que l'histoire ait été inventée de toutes pièces par le gynécologue et son assistante, dans le but sans doute de se rendre intéressants.

Jean-Pierre pioche une poignée de cacahuètes dans le bol que la serveuse a déposé sur la table et qu'Agathe ne toucherait pour rien au monde depuis qu'elle a lu que pas moins de quatorze traces d'urines différentes avaient été trouvées dans l'un de ces récipients posés sur un comptoir.

– Vous avez des enfants ? demande-t-elle.

Claudine baisse la tête. Ses yeux se voilent. Elle explique, une fois de plus parce qu'on leur pose souvent la question, que Mathilde, leur seule et unique fille, a coupé les ponts avec eux le jour de ses dix-huit ans, sous prétexte qu'elle les trouvait trop vieux et trop cons. Ils s'accrochent à l'idée qu'un jour elle reviendra vers eux, surtout maintenant qu'elle est enceinte. Ils l'ont su par hasard, par l'une de leurs amies qui l'avait croisée à Colmar le mois dernier, mais à qui Mathilde n'avait rien voulu dire de plus. Ils ne savent ni où ni de quoi elle vit, ni même si elle est heureuse.

Agathe cherche des mots de réconfort, comme elle le faisait si bien lorsqu'elle était infirmière, mais aucun ne lui vient. La jeune serveuse, embauchée pour la saison, pose un énorme plateau de fruits de mer au centre de la table, leur souhaite un bon appétit, souriante, déjà professionnelle malgré son jeune âge. Agathe, comme les autres, apprécie la diversion. Elle regrette d'avoir posé la question à Claudine et, sans doute par pudeur, elle ne lui dit pas qu'ils doivent rejoindre leur fille aînée et sa petite famille le week-end prochain au Puy du Fou.

Elle attrape une huître, presse du citron dessus. Les autres l'imitent, orientent la conversation sur la saveur des mollusques et des commentaires favorables qu'ils posteront sur Internet.

Autour d'eux, les tables se remplissent. Près du bar, un groupe de jeunes Allemands s'installe d'une manière suffisamment bruyante pour que tout le monde les remarque. Ils commandent des bières, parlent fort, rient beaucoup. La patronne fait signe à la jeune serveuse que c'est elle qui s'en occupe, sans doute pour lui éviter des remarques ou des gestes déplacés, comme ça arrive parfois avec ce genre de clientèle. La jeune fille semble soulagée. Elle balaie la salle du regard et Victor lève le bras pour commander une autre bouteille.

Coup de blues

Victor se réveille en sursaut. Près de lui, Agathe gémit dans son sommeil et se tourne sur le côté. La lumière d'un lampadaire éclaire faiblement le lit. Il voit la forme des hanches sous le drap, devine l'arrondi de ses fesses. L'envie de les prendre dans ses mains, d'en sentir les contours et d'en éprouver la fermeté le prend de manière irrépressible. Il glisse la main sous l'élastique de son pyjama, saisit son sexe durci, gonflé, impatient. Mais presque aussitôt le souvenir de ses échecs passés lui revient en mémoire et chasse le désir comme s'il n'avait jamais existé. Il maudit ces fichues pannes qui les tiennent à distance l'un de l'autre, aussi sûrement que les mêmes pôles de deux aimants. Victor a honte quand il y pense. Il n'a jamais voulu en parler, pas même à son médecin qui sans doute lui aurait prescrit la fameuse pilule bleue. Mais il faut dire qu'Agathe semble si bien se contenter de cette situation que Victor évite au maximum les rapprochements intimes.

Et puis, pas sûr que sa femme soit très réceptive à ce genre de bricoles en ce moment. Hier soir, quand ils revenaient vers le camping-car après le resto, elle n'avait pas mâché ses mots pour lui dire à quel point elle le trouvait désagréable en ce moment. *Comme s'il y pouvait quelque chose...*

Il se lève sans faire de bruit, tire doucement la porte coulissante derrière lui. La pluie, fine et légère, cogne doucement contre la carrosserie. Derrière la vitre, Victor regarde le jour se lever, gris, maussade. Il ouvre la portière latérale et aspire à pleins poumons l'air marin tandis que des gouttes viennent lui mouiller le visage. Il revient sur ses pas, enfile sa parka et en rabat la capuche sur sa tête.

L'océan n'est qu'à deux pas, au bout du sentier. Tout est calme sur l'aire de camping. Victor a toujours aimé ce moment entre tous, quand tout le monde dort encore et que la nature semble lui appartenir tout entière, où seul le chant des oiseaux troue le silence. Ici, ce sont les mouettes qui crient. Elles survolent l'océan dans un ballet incessant et le bruit des vagues cognant sur les rochers ne domine pas entièrement leur raffut. L'une d'entre elles, posée sur une poubelle pour y piocher quelque denrée abandonnée là par quelqu'un qui *pour sûr* avait les yeux plus gros que le ventre, s'envole à son approche.

Victor s'accoude à la rambarde en bois, au bout de la jetée. Le vent, chargé d'embruns, lui fouette les joues. Il fixe l'horizon rétréci d'un gris sans nuance, observe le manège d'une mouette qui plonge, bec en avant, vers la surface de l'eau. La rieuse reprend presque aussitôt son envol, mais la distance qui les sépare ne permet pas à Victor de voir si elle a pêché quelque chose.

Il sait que le moment est venu de parler à Agathe, de lui dire que ça ne l'intéresse pas de retrouver Jean-Pierre et Claudine plus au sud, comme elle l'avait suggéré hier au soir, et qu'il aspire par-dessus tout à passer l'été à la maison, à regarder ses salades grandir et ses tomates rougir. Qu'il veut bien partir, mais à l'automne, quand la plupart des touristes auront repris le boulot, qu'il n'y aura plus rien ou presque dans le jardin, et encore, à condition d'avoir changé le deuxième matelas du camping-car pour un autre plus confortable.

Il retire sa parka sur le pas de la porte, s'essuie longuement les pieds sur la serpillière que sa femme a eu la bonne idée de poser là hier, juste avant qu'ils partent pour le restaurant. Une odeur de café lui chatouille agréablement les narines. Agathe, attablée devant un gros bol jaune d'où s'échappe de la fumée, lève la tête à son arrivée, lui sourit. Elle porte toujours son pyjama rose qui lui donne bonne mine, même au réveil, et ses cheveux défaits tombent sur ses épaules, en boucles légères. Victor sourit, lui aussi.

– Tu as bien dormi ? lui demande-t-il en déposant un baiser sur son front.

– C'est à toi qu'il faut demander ça ! Je t'ai entendu tourner toute la nuit.

– Oh, désolé.

Victor ouvre le tiroir du bas, sous l'évier, en sort une tasse, la remplit de café et s'installe en face d'Agathe.

– Faudrait qu'on voie pour changer le deuxième matelas, dit-il, comme ça je ne te dérangerai plus.

– Mais non, Vic, t'inquiète pas, ça ne m'empêche pas de dormir, tu le sais bien.

– Peut-être, mais moi ça m'énerve, j'ai tout le temps peur de te réveiller. Dès qu'on sera rentrés, je m'en occuperai.

La pluie a cessé et Agathe sort faire quelques pas tandis que Victor file sous la douche. La jeune retraitée connaît suffisamment son mari pour se rendre compte qu'il ne trouve pas à leur nouvelle vie autant de bonheur qu'elle. Pourtant, depuis qu'ils sont partis, elle déploie toute son énergie pour rester de bonne humeur, même quand Victor garde les yeux fixés sur la même page de magazine pendant des plombes sans avoir l'air de la voir, ou qu'il râle en se cognant la tête. Agathe est complètement déboussolée. Elle ne s'attendait pas à ça. Et après tout, Victor a peut-être raison de ne pas vouloir partir avant le mois de septembre. Elle ne sait pas. Elle ne sait plus. Elle s'était fait une telle joie en achetant le camping-car que pas une seconde elle n'aurait pu imaginer que son mari ne partagerait pas son euphorie à l'idée de passer leur premier été de retraités au bord de la Méditerranée. Et le pire, c'est qu'elle a l'impression qu'elle pourrait lui proposer n'importe quelle autre destination qu'il n'en aurait pas plus envie.

Victor est au téléphone quand elle revient vers le camping-car, quelques minutes plus tard. Agathe l'entend par la fenêtre du coin cuisine restée entrouverte.

– … les mauvaises herbes n'ont pas trop repoussé ? dit-il. Et les Zébras, elles font du fruit ? Ah non, pas encore ?…

Il n'a toujours pas plu ?... Pense quand même à vérifier que les feuilles ne se recroquevillent pas, faudrait pas qu'elles chopent le mildiou...

Agathe soupire. Ça fait deux fois en trois jours que Victor appelle Jonathan pour avoir des nouvelles du potager.

– ... Et les radis, tu les as goûtés ?... Super, j'ai hâte moi aussi. Propose à tes sœurs de passer en chercher, surtout Flore, elle m'a dit qu'elle voulait essayer la soupe de fanes. Et pense bien à les arroser tous les jours, sinon ils deviennent piquants.

Agathe remonte dans le camping-car, essuie ses pieds mouillés sur la serpillière.

– Ah, ta mère est là, tu veux que je te la passe ?... D'accord je lui dirai.

Victor ne tarde pas à raccrocher, mais il ne peut s'empêcher de rappeler encore à Jonathan de bien penser à vérifier que le tuyau d'arrosage ne fait pas de nœuds et que le mieux est de le dérouler en plein à chaque fois. Agathe ramène une mèche de cheveux derrière son oreille, pince les lèvres et se tourne vers l'évier pour que Victor ne voie pas la colère qui s'est éveillée dans ses yeux. Jamais elle n'aurait cru que son mari se languirait à ce point-là de la maison, et elle l'imagine un instant prisonnier de son tuyau d'arrosage, la langue saillante comme s'il était victime d'un boa constricteur et le tableau la ferait certainement rire si elle n'avait pas autant envie de pleurer.

De l'eau dans le gaz

Ah ça, on peut dire que c'était vraiment du show à l'américaine ! Tous ont été bouche bée devant le magnifique spectacle son et lumière auquel ils ont assisté hier soir en famille. Avec du vrai son, des cris, le bruit des chevaux qui galopent dans l'arène et des cascades comme on n'en voit généralement que dans les films. Autour de la table, les commentaires vont bon train. Tout y passe. Les chevaliers de la Table ronde, les gladiateurs, les drakkars, les aigles, les jeux du cirque, les Vikings, mais aussi le village des artisans, les ateliers pédagogiques et les gens en costume d'époque qu'on croise un peu partout. Timéo, c'est la course de chars qui l'a le plus marqué et depuis hier il ne parle que de ça.

– On retourne voir le drakkar cet après-midi ? demande-t-il à sa mère sur un ton chargé d'espoir.

– Mais non, Timéo, tu sais bien qu'on a prévu d'aller voir le spectacle du magicien.

– C'est nul le magicien.

– On ne dit pas « c'est nul », on dit « je n'aime pas », intervient Rodolphe.

Timéo pousse son assiette presque pleine loin de lui, pose les coudes sur la table et appuie son visage sur les paumes de ses mains, le visage renfrogné et la lippe boudeuse.

– Pourquoi on ne peut pas voir deux fois le même spectacle ? demande alors Mélina. Moi je veux retourner voir les aigles.

– Parce que c'est comme ça ! répond Flore d'un ton suffisamment ferme pour clore la discussion. Et on ne dit pas « je veux », mais « je voudrais » ou « j'aimerais ».

Victor propose alors aux enfants d'aller chercher du dessert au buffet. Ils se lèvent de concert pour le rejoindre, mais c'était sans compter sur Flore.

– Tu plaisantes, papa ? dit-elle. Ils n'ont pas fini leurs assiettes.

Mélina s'arrête net. Elle regarde sa mère, puis son grand-père, essaie de savoir à qui obéir. Timéo a déjà attrapé la main de son papy, prêt à foncer vers les glaces, les mousses au chocolat et autres douceurs repérées à leur arrivée.

– T'inquiète pas, Flore, ajoute Victor, ils se rattraperont au prochain repas.

Bingo ! Pile le truc à ne pas dire. Agathe fronce les sourcils. Visiblement, Victor n'a toujours pas intégré la règle *number one*, la plus importante de toutes : ne jamais contredire des parents devant leurs enfants. *Surtout s'il s'agit de Flore...* Non pas qu'Agathe condamne la fermeté avec laquelle leur fille aînée éduque ses enfants mais, depuis le temps, Victor devrait savoir qu'il n'aura jamais raison avec elle. Et le pire, c'est qu'il fait ça sans avoir l'air de se rendre compte de quoi que ce soit. Comme elle l'imaginait, Flore ne lâche pas le morceau. Elle ordonne aux enfants de se rasseoir.

– Laisse-les donc chercher leur dessert, intervient Rodolphe. On est en vacances, non ?

Agathe n'en revient pas. Depuis plus de dix ans que Flore et Rodolphe sont mariés, c'est bien la première fois qu'elle entend son gendre contredire sa femme. Son regard accroche celui de Victor, fugacement, puis se tourne vers les enfants. Eux aussi ont l'air surpris. Ils ne bougent plus. Ils attendent la suite. S'il n'y avait pas autant de monde sur la terrasse du restaurant, on entendrait sans doute les mouches, les guêpes et les abeilles voler.

Flore ramène ses lunettes de soleil sur le sommet de sa tête. Son regard passe de son père à son mari, puis de son mari à son père.

– Vous vous fichez de moi, tous les deux ? dit-elle en fronçant les sourcils.

Aucun des deux ne lui répond. Victor s'en veut d'avoir provoqué cette scène, d'autant plus qu'il ne s'imaginait pas un instant que ça allait se passer comme ça. Il cherche le regard d'Agathe, l'implorant du sien, comme si sa femme avait le pouvoir de les sauver d'une situation dont chacun pourrait repartir la tête haute. Mais Agathe se contente de hausser les épaules.

Contre toute attente, Flore permet aux petits d'y aller. Mélina hésite un instant, s'avance, puis revient en arrière.

– Maman a raison, assure-t-elle à la stupéfaction générale. La maîtresse aussi dit qu'il ne faut pas gaspiller la nourriture et Timéo en a laissé plein dans son assiette.

Timéo crie. Il tire sur son bras, essaie de dégager sa main de celle de son papy, prêt à bondir vers sa sœur, mais Victor le tient fermement.

– Tu as tout à fait raison, ma puce, approuve Flore. Mais je suis sûre que papa se fera un plaisir de terminer vos deux assiettes. N'est-ce pas chéri ? ajoute-t-elle en insistant lourdement sur le mot « chéri ».

– Mais bien entendu *chérie*, répond-il, d'une manière tout aussi sarcastique.

Victor s'éloigne avec les enfants, et, lorsqu'ils sont hors de portée de voix, Flore se tourne vers sa mère.

– Ben dis donc, dit-elle d'un ton mordant, ça promet pour la semaine à venir. J'espère que tu ne laisseras pas papa faire n'importe quoi, je n'ai aucune envie de retrouver des gamins qui n'écoutent plus rien. Et toi, Rodolphe, dit-elle en tournant son regard aiguisé comme un couperet vers lui, tu trouves malin de me contredire devant les enfants ?

– Et toi, rétorque-t-il, tu trouves malin de casser ton père devant témoins ? Et de vouloir dicter la conduite à suivre à ta propre mère ? Faudrait songer à te faire greffer un cerveau, *ma pauvre chérie* !

Flore bégaie. Elle cherche une réponse cinglante mais elle est tellement estomaquée qu'aucune ne lui vient. Rodolphe se lève de table et pousse les deux assiettes vers Flore.

– Et puis tenez, madame la donneuse de morale, ajoute-t-il la voix chargée de fureur, ayez donc l'obligeance de participer vous-même à la campagne antigaspillage dont vous fîtes si bien l'éloge. Quant à moi, je crains que vous ne m'ayez coupé l'appétit. Je me retire… Si vous le permettez bien entendu.

À grandes enjambées, Rodolphe part rejoindre Victor et les petits.

– Non, mais, tu as vu ça ? demande Flore à sa mère. Tu as vu la façon dont il me parle ?

Agathe ne répond pas. Elle déteste les scènes de couple et elle déteste encore plus qu'on la prenne à témoin.

Ramolli

— Ça fait bizarre d'entendre Rodolphe parler comme ça à Flore, dit Agathe un peu plus tard alors qu'elle sort de la douche, une serviette enroulée autour du corps. Je me demande pourquoi ils s'engueulent, mais ce qui est sûr, c'est qu'il y a de l'eau dans le gaz.

– Elle ne t'a rien dit ? demande Victor, surpris.

– Non, pas pour le moment, mais je t'avoue que je ne suis pas pressée d'en savoir plus.

Le regard de Victor s'égare un instant sur l'arrondi des épaules, où des gouttes d'eau éclairées par l'ampoule du plan de travail brillent sur la peau bronzée.

– N'empêche que ça fait du bien de voir Rodolphe réagir enfin, reprend Agathe en les essuyant avec l'angle de sa sortie-de-bain. Tu ne trouves pas ?

Pour elle comme pour Victor, Rodolphe a toujours été trop mou, et elle a toujours détesté cette façon qu'il avait de dire oui et amen à tous les desiderata de sa fille, qui, il faut bien le reconnaître, a hérité du caractère bien trempé de la grand-mère Mangevin.

La serviette s'écarte légèrement et laisse apparaître un sein blanc au milieu du bronzage. Victor sent le désir monter, encore plus fort que l'autre matin. Il répond à Agathe qu'elle a raison, sans y réfléchir, par commodité, pour se débarrasser du sujet. Pourtant la conversation, s'il s'y attardait, aurait le mérite de lui faire penser à autre chose qu'à son pénis qui gonfle et qui, il le sait bien, finit toujours par le trahir.

Agathe se dirige vers le coin couchage de sa démarche gracieuse.

– N'empêche que ça me fait de la peine pour les petits, poursuit-elle, d'une voix plus forte, en s'asseyant sur le bord du lit. Tu as vu le regard de Mélina quand on est partis ?

– Ne t'inquiète donc pas tant, ça va leur passer, répond Victor en se dirigeant à son tour vers le minuscule espace salle d'eau.

Il fait couler de l'eau froide sur son ventre, essaie de chasser l'image d'une Agathe nue entre les draps, mais rien n'y fait et son sexe est toujours dur quand il s'approche du lit. Tournée sur le côté, Agathe somnole déjà. Elle entrouvre les yeux quand il arrive. Elle sourit et Victor y voit là un signe d'encouragement. Il se glisse contre elle, l'entoure de son bras et sa main rencontre le tissu du pyjama deux-pièces en coton, un de ceux que sa femme traîne depuis un paquet d'années. Agathe se retourne, toujours souriante. Victor se penche vers elle, glisse sa main sous le pyjama, et Agathe tressaille quand il lui effleure le mamelon. Elle gémit et ferme les yeux. Elle se redresse et lève les bras quand Victor lui retire son vêtement et elle gémit encore plus fort quand il se glisse en elle.

Le coq chante et Victor s'endort enfin, épuisé d'avoir passé la nuit à ruminer son échec. Il fallait que ça faiblisse, encore. Pourquoi en aurait-il été autrement cette fois-ci ? Le pire, c'est que même les caresses d'Agathe n'avaient pas suffi à faire repartir cette pauvre chose qui repose à présent mollement sur sa cuisse. Agathe non plus n'a pas très bien dormi, mais elle ne saurait dire si c'est la perspective de cette semaine avec les petits-enfants, la dispute de leurs parents ou Victor qui s'était agité dans tous les sens qui l'ont le plus tenu éveillée.

Pauvre Victor, se dit-elle en le regardant dormir, enfin paisible. Agathe ne sait pas pourquoi ils n'ont jamais parlé de ces pannes à répétition, pourtant guère surprenantes pour un homme de son âge. Ils avaient laissé couler les choses et les choses avaient coulé. Agathe ne s'en plaignait guère et même elle n'y pensait pas. De toute façon, elle n'aurait jamais osé demander une ordonnance à l'un des médecins de l'hôpital. Mais c'est vrai qu'elle aurait pu conseiller à son mari d'aller voir le sien, ça lui aurait évité de se retrouver une nouvelle fois face à sa virilité défaillante. Et, ma foi, elle aurait bien continué un peu hier soir…

Elle se lève doucement pour ne pas le réveiller, enfile son pyjama et quitte le coin couchage à pas feutrés. Elle referme tout doucement la porte coulissante derrière elle. Le jour se lève, le coq chante à nouveau et Agathe s'étire.

Panique à bord

– Ton frère n'est pas avec toi ? demande Victor à Mélina qui arrive en courant du parc à jeux.

– Non, mais j'ai envie d'aller me baigner. Dis, papy, on peut y retourner ?

Victor rit. S'il écoutait sa petite-fille, ils ne quitteraient la plage que pour aller dormir. Elle rechigne même à revenir au camping pour manger tellement elle aime passer du temps dans l'eau. Elle s'applique à faire les mouvements, comme son père le lui a appris, et Victor doit avouer qu'elle se débrouille plutôt pas mal pour une gamine de son âge. Mais la petite ne se rend pas compte à quel point son activité peut se révéler fatigante pour lui, tout comme pour Agathe d'ailleurs. Flore a beau dire, l'un comme l'autre sont des grands-parents responsables et il ne leur viendrait pas à l'idée de lâcher leurs petits-enfants du regard, ne serait-ce qu'une fraction d'un quart de seconde.

– C'est un peu tard pour retourner à la plage, tu ne crois pas ? On va demander à mamy ce qu'elle en pense si tu veux, ajoute-t-il devant la mine dépitée de la petite.

À l'ombre des cyprès, le parc offre une relative fraîcheur. Victor et Mélina trouvent Agathe sous l'un d'eux, en pleine discussion avec un groupe de personnes dont les enfants jouent ensemble sur l'aire de jeux. Agathe lui présente Günter et Frieda, un couple d'Allemands arrivés au camping hier et qui parlent le français à la perfection, et tout un tas d'autres campeurs, Amélie, David… avec lesquels elle a sympathisé. Une fois de plus, Victor est impressionné par la facilité avec laquelle sa femme retient les prénoms de tous les gens qu'elle croise. Dans moins de cinq minutes, lui-même ne s'en rappellera sans doute d'aucun.

– Dis mamy, tu es d'accord pour qu'on retourne se baigner ? suggère Mélina en lui tirant le bras.

– Pas maintenant, ma chérie, on va bientôt dîner. On ira demain. N'est-ce pas Victor ?

Victor sourit et hoche la tête en signe d'assentiment. Mélina fait la moue, mais déjà Rosie, une copine de son âge rencontrée la veille sur la plage, lui fait signe et elle court la rejoindre en promettant à son papy de ne pas s'éloigner.

Victor cherche alors Timéo du regard, mais il ne l'aperçoit ni sur le toboggan, ni dans la seconde construction en bois qui y mène par un pont suspendu. Il s'avance, inspecte scrupuleusement les deux cabanes, puis suit le chemin qui mène aux balançoires à ressort en forme de canard, de zèbre et de tortue.

– Je ne vois pas Timéo, tu sais où il est ? demande-t-il à Agathe en revenant vers elle.

– Oui, bien sûr... quelque part dans le parc, dit-elle sans tourner la tête.

– Agathe, je t'affirme que je ne le vois nulle part !

Un peu agacée de lâcher une conversation passionnante au sujet des mères porteuses, des donneurs de sperme et de ce fameux « droit » à l'enfant dont le principe même lui semble une aberration, Agathe se tourne enfin vers Victor. Elle est prête à lui balancer qu'il a sans doute mal regardé et qu'il n'a qu'à refaire un tour, mais son agacement retombe aussitôt en découvrant sa mine inquiète.

– Il était sur le trampoline tout à l'heure. Tu es allé voir là-bas ? lui dit-elle en le rejoignant.

– Évidemment, je te répète que Timéo n'est plus dans le parc. Je vais voir au camping-car, dit Victor dont le cœur commence à battre beaucoup trop fort. Si ça se trouve, il est tout simplement retourné là-bas pour chercher un jouet.

Agathe sent l'inquiétude la gagner elle aussi. Elle regarde de tous côtés, décide d'arpenter le parc une nouvelle fois. Elle demande en passant à Mélina et Rosie de l'aider, mission dont elles acceptent volontiers de se charger, y voyant là un nouveau jeu.

En arrivant près de leur véhicule, garé à proximité du parc, Victor appelle Timéo d'une voix forte, à plusieurs reprises. Il en fait scrupuleusement le tour, se met à genoux pour être certain que le petit n'est pas en dessous. La porte latérale ainsi que les portières avant sont verrouillées, ce qui signifie qu'il est impossible que Timéo soit à l'intérieur, vu qu'ils sont partis ensemble tout à l'heure.

Victor sent son cœur qui bat fort et de plus en plus vite. Il repart en courant vers le parc mais les filles non plus ne l'ont pas trouvé. Il fonce vers la buvette, hurle à Agathe de faire le tour du camping de l'autre côté. Il interroge tous ceux qu'il croise pour savoir s'ils n'ont pas vu un petit garçon blond en salopette kaki se promener tout seul. Les gens écartent les bras en signe d'impuissance, hochent la tête. Plusieurs se proposent de chercher avec lui et très vite une véritable battue s'organise sur l'ensemble du terrain de camping. Le prénom de l'enfant résonne de tous côtés. Mais Timéo demeure introuvable…

– Il faut prévenir la police, crie Agathe, essoufflée, en rejoignant Victor au détour d'un sentier qu'ils ont déjà parcouru l'un et l'autre une bonne dizaine de fois.

Autour d'eux, les gens approuvent l'appel aux forces de l'ordre. L'inquiétude a gagné tout un chacun et à nouveau ils se dispersent sous le commandement d'un certain Ric, un ancien de l'armée, tandis qu'Agathe compose le numéro de police secours. Le cœur de Victor tambourine de plus en plus fort et des élancements douloureux traversent sa poitrine. Il prie pour que son cœur ne le lâche pas, pas là, pas maintenant, alors que leur petit-fils a disparu. Il imagine le pire, le petit dans le coffre d'une voiture emmené par un sale type et qu'on retrouverait peut-être un jour sous un tas de terre au fond d'un bois.

Agathe transpire et des gouttes mouillent son visage, ses cheveux, sa nuque. Des larmes picotent ses yeux. Son estomac remonte dans sa gorge. Elle s'en veut tellement d'avoir quitté Timéo des yeux qu'elle se flagellerait si ça pouvait servir à le retrouver.

Les deux policiers envoyés par le commissariat arrivent moins d'un quart d'heure plus tard. D'instinct, Agathe recule, impressionnée par l'uniforme, et sans doute plus encore par les pistolets attachés à leurs ceintures. L'un d'eux veut voir leurs pièces d'identité, à tous les deux. Victor soupire et les invite à le suivre jusqu'à leur véhicule. Agathe a envie de leur dire que c'est n'importe quoi, que c'est du temps perdu, mais elle se tait et leur emboîte le pas.

– On va lancer une *alerte enlèvement*, annonce enfin le plus âgé des deux après avoir pris leurs dépositions. Avez-vous une photo récente de l'enfant ? Plus on s'y prend tôt et plus on aura de chances de le retrouver. Vous avez prévenu les parents ?

Agathe sent le sol s'enfoncer sous ses pieds. Sa tête tourne. Elle part, très loin, vers un endroit où les pensées s'étiolent à travers le néant, et Victor la rattrape juste avant qu'elle ne heurte le sol.

Une mauvaise blague

Mélina tapote doucement le visage de sa mamy, lui dit de se réveiller. Agathe essaie d'ouvrir les yeux. Elle ne comprend pas ce qui se passe. Et soudain elle se souvient de tout. Elle gémit. Elle a envie de replonger vers l'oubli mais les tapotis sur sa joue persistent. Des voix d'abord assourdies se fraient un chemin jusqu'à son cerveau. Elle entrouvre les paupières. Autour d'elle les gens sourient et Agathe se dit que c'est impossible, qu'elle doit toujours se trouver dans quelque antichambre de son subconscient, dans un endroit où la réalité n'a pas de prise.

– Mamy, réveille-toi, lui murmure Mélina. On a retrouvé Timéo.

Le cœur d'Agathe bondit dans sa poitrine. Elle ouvre les yeux en grand, essaie de se redresser mais sa tête tourne et elle retombe aussitôt.

– Papy, papy, mamy est réveillée, crie Mélina en se levant d'un bond.

Agathe voit un homme à la barbe blanche et hirsute se pencher vers elle.

– Tout va bien, madame, lui dit-il. Prenez votre temps. Vous venez de subir un choc émotionnel très violent. Je suis médecin, ajoute-t-il devant l'air hébété d'Agathe.

Victor s'approche d'eux, Timéo dans les bras. Un large sourire illumine son visage. Agathe tente de se relever. Le médecin passe la main derrière son épaule et l'accompagne en l'incitant à y aller doucement. Assise dans l'herbe et toujours soutenue par lui, elle se pince pour être sûre qu'elle n'est pas en train de rêver.

– Il était où ? demande-t-elle d'une voix pâteuse et le cerveau encore engourdi.

– Dans la soute, celle où on range la table et les chaises, répond Victor. Il voulait nous faire une blague, ce petit chenapan.

– Une blague ?

Agathe regarde Timéo en fronçant les sourcils, partagée entre le désir de le serrer très fort dans ses bras et l'envie de lui mettre une bonne fessée pour lui apprendre à avoir des idées aussi stupides.

– Je voulais juste me cacher, dit Timéo d'une toute petite voix, conscient d'avoir mal agi. Et puis je me suis endormi.

– Et quand il s'est réveillé, poursuit Victor, il s'est rendu compte qu'il n'arriverait pas à ouvrir la porte de l'intérieur. On l'a entendu toquer et appeler juste au moment où tu tombais dans les pommes.

Victor rit, ajoute que Timéo a promis de ne plus jamais leur refaire un coup pareil.

– On boit un coup pour fêter ça ? dit-il à la cantonade.

Il reste juste assez de jus de fruits et autres boissons gazeuses pour les jeunes. Certains des enfants encore présents ont du mal à comprendre la raison de cette fête, et surtout pourquoi Timéo n'est pas puni. Agathe entend l'un d'eux poser la question à sa mère. La femme regarde Agathe. Elles échangent un sourire. Son fils a raison et sans doute Timéo lui-même ne saisit pas bien ce qui se passe. Mais qu'importe, se dit Agathe en remplissant des verres de rosé tandis que Victor s'occupe du pastis, elle n'a aucune envie en ce moment de se poser ce genre de questions, pas plus qu'elle n'a envie d'imaginer la tête des parents quand ils entendront l'histoire. Car forcément ils l'entendront. Si ce n'est pas Timéo lui-même qui la leur raconte, Mélina s'en chargera bien volontiers.

Ric, le militaire, porte un toast à la solidarité, Victor un autre à l'amitié, David trinque aux enfants en général et à Timéo en particulier. Les verres se vident et très vite le repas s'organise. Chacun ramène ce qu'il avait prévu pour le soir, on rajoute des chaises et des tables pliantes qui, mises bout à bout, traversent le chemin jusqu'à l'emplacement d'en face.

Alors que tout le monde s'active, Victor s'approche d'Yves, le vieux médecin. L'alcool lui donne du courage et il se jette à l'eau sans plus réfléchir. Pour la première fois, il évoque devant quelqu'un ses pannes sexuelles à répétition, très vite et à voix basse pour que personne d'autre ne l'entende.

Agathe boit trop. Elle aimerait faire taire les mots qui résonnent dans sa tête et la condamnent à se considérer comme une mauvaise grand-mère. Personne ne sait vraiment à quel moment Timéo a échappé à sa vigilance, mais le fait demeure qu'il est parti sans qu'elle s'en aperçoive. Elle a envie de pleurer. Victor ne lui a encore fait aucun reproche et vu son état d'ébriété il attendra sans doute le lendemain pour le faire. Mais aussi… comment aurait-elle pu prévoir que Timéo aurait l'idée saugrenue d'aller se cacher dans l'une des soutes du camping-car ?

Les derniers repartent alors que le soleil est déjà bas. Comme Agathe s'y attendait, Victor est parti se coucher sans demander son reste. Elle envoie les enfants se brosser les dents et doit s'y reprendre à trois fois pour déplier leur lit tant elle est épuisée, elle aussi.

Un jour trop tôt

– Quoi ?

Victor hurle dans le combiné. Il se lève d'un bond. Il transpire et des gouttes de sueur coulent sur son front, dans sa nuque. Ses joues sont rouges. Il demande à Jonathan de répéter, lui ordonne de ne rien faire avant leur arrivée, et surtout – surtout – de ne pas redémarrer le congélateur. Il raccroche sans lui avoir dit au revoir.

– Prépare-toi, on rentre, annonce-t-il à Agathe en lui tendant son portable.

Il attrape sa tasse à café pour la passer sous l'eau. Ses gestes sont saccadés, impatients. Il ne cesse de répéter : « Mais quel imbécile ! » Il s'empare du torchon, frotte la tasse, énergiquement, la remet dans le placard. Agathe se lève à son tour.

– Victor, tu m'expliques ? lui intime-t-elle.

Son mari ne la regarde pas. Ses yeux lancent des éclairs. Il revient vers la table, demande à sa femme si elle a terminé et se penche déjà pour saisir son bol. Agathe pose sa main sur l'avant-bras de Victor pour le stopper dans son élan.

– Tu m'expliques ? redemande-t-elle, mais plus fort cette fois-ci. C'est quoi cette histoire de congélateur ? J'ai compris que les plombs avaient sauté à cause de l'orage, mais enfin, Vic, Jonathan est capable de remettre le congélateur en route, non ?

Victor dégage son bras, emmène la tasse d'Agathe vers l'évier.

– C'est trop tard, tout est déjà décongelé. Il n'y a plus de courant depuis hier matin.

Agathe réalise à son tour l'ampleur de la catastrophe. Elle revoit leur congélateur bahut de quatre cents litres rempli à ras bord de victuailles décongelées depuis plus de vingt-quatre heures, et une fatigue soudaine s'abat sur ses épaules à l'idée de devoir cuire, en rentrant, tout ce qui pourra encore être sauvé. Victor se penche par la porte et ordonne aux enfants de rentrer. Il rabat le couvercle qui protège l'évier, ferme le loquet, vérifie les placards, coupe l'eau chaude, enclenche la sécurité du gaz. Il demande à Agathe d'aller voir de son côté si tout est en ordre dans le coin toilette et l'espace couchage, et ajoute qu'elle n'aura qu'à s'habiller pendant le trajet.

Le cœur lourd, Agathe sort de la penderie les premiers effets qui lui tombent sous la main : un short en toile et une chemise à fleurs. Elle se sent lasse, fatiguée. Ses habits à la main, elle s'assied au bord du lit. Le bruit du moteur se superpose aux protestations des petits qui prennent place sur les banquettes, pas contents, *mais alors pas contents du tout* !

Agathe éprouve l'envie soudaine de se recoucher, de repartir vers des nébuleuses dont elle se réveillerait un peu groggy mais soulagée de constater que tout ça n'était qu'un mauvais rêve. Un peu comme quand elle s'était évanouie. Victor accélère. Agathe vacille sous la secousse. Elle se laisse tomber sur son oreiller, pose ses vêtements près d'elle et se glisse sous la couette.

Elle se réveille en sursaut quelques minutes plus tard, prise d'une inspiration soudaine, traverse le camping-car, pieds nus et toujours en pyjama. Mélina lui demande ce qu'elle a, mais elle ne répond pas et fonce vers l'avant. Victor a les yeux fixés sur la route.

– Et si on demandait à Flore de s'en occuper ?

– Tu plaisantes, j'espère ?

– Mais non Vic, je ne plaisante pas, Flore ferait ça très bien, j'en suis sûre. Et comme ça, nous on pourrait rester jusqu'à demain, comme prévu. Pense aux petits qui aiment tellement se baigner !

– C'est hors de question, je préfère le faire moi-même. Flore n'aura qu'à emmener les enfants à l'étang de Courtille. Sans compter qu'il a pas mal plu chez nous et qu'il va sans doute falloir traiter les tomates en urgence. Et puis zut, Agathe ! on avance le retour d'un jour. Un jour, c'est pas si terrible, quand même !

Non, bien sûr, une journée, ça n'est pas grand-chose en soi, et la jeune retraitée se répète plusieurs fois la phrase pour tâcher de s'en convaincre, mais sa tête, soudain, lui paraît plus lourde. *Alors ça y est, c'est déjà la fin des vacances…* Elle ne se sent pas prête, et depuis que Victor lui a confirmé ne pas vouloir repartir avant le mois de septembre, elle redoute ce moment par-dessus tout. Une vague de tristesse l'envahit une nouvelle fois à l'idée de passer tout l'été à Saint-Sulpice-le-Guéretois et ses environs, à tourner en rond en attendant que ça se passe pendant que Victor binera, piochera, désherbera, tout ça pour quelques tomates qui risquent à tout moment d'attraper le mildiou.

Et moi et moi !

Agathe fulmine en les écoutant parler. C'est Mady qui avait eu l'idée la première et sa mère n'avait pas su trouver les arguments pour la contrer. Évidemment, elle n'avait pas tort dans le fond. Partir avec le camping-car lui permettra d'économiser le prix de son logement, ainsi que celui des trois copines qu'elle embarque avec elle. Mais tout de même, Victor aurait pu lui demander son avis avant d'accepter aussi rapidement !

– Moi ça me dirait bien de le prendre quelques jours au mois d'août, ajoute alors Flore. Vous en pensez quoi les enfants ?

Les petits poussent un cri de joie, Timéo bondit tel un lapin en départ de course et Agathe se lève, de plus en plus agacée. D'abord Mady qui met une option pour ce week-end, puis Jonathan pour celui de la semaine d'après, et voilà Flore qui en rajoute une couche ! Alors oui, Victor ne veut pas repartir avant septembre, oui, c'est bien que le camping-car serve aux enfants s'ils en ont besoin, mais Agathe n'a aucune envie de voir s'en aller l'objet de ses rêves à tout bout de champ ! Tant qu'il est là, à portée de main, elle peut espérer que Victor lui dira à un moment ou à un autre que c'est bon, qu'ils ont quelques jours devant eux pour partir en vadrouille. Elle s'approche du bord de la terrasse et regarde son engin en imaginant déjà le vide immense qu'il laissera derrière lui.

– Dis mamy, tu viendras avec nous ? demande alors Mélina de sa voix douce et flûtée.

Au prix d'un très gros effort, Agathe chasse ses pensées égoïstes d'un revers de neurones. Elle prend sur elle, se force à sourire.

– Mais non, ma chérie, tu sais bien que ce n'est pas possible, il n'y a pas de troisième lit.

– Tu peux dormir avec nous, si tu veux, rajoute la petite.

Agathe est toute remuée par le désir de sa petite-fille de trouver une solution et lui promet de réfléchir à la question. Victor propose alors de leur expliquer comment manier le bel engin et tous se lèvent de concert. C'est Amandine qui se montre la plus assidue du groupe. Elle se voit déjà en train de frimer devant les copines quand elle leur expliquera à son tour tout ce qu'il y a à savoir, d'autant plus que c'est elle et elle seule qui conduira le camping-car. Elle demande au père de lui faire répéter les gestes et ses longs cheveux bruns et bouclés bougent et s'envolent. Elle est impatiente d'apprendre. Agathe ne s'attendait tellement pas à ça qu'elle est incapable de participer à l'euphorie générale. Le cœur aussi lourd qu'une boule de billard, elle regagne la terrasse.

Elle passe ses nerfs sur cet imbécile de Gargouille qui n'a rien trouvé de mieux à faire que de grimper sur la table pour avaler les restes du repas ! Elle le chasse en râlant d'un large geste de la main, s'empare des assiettes et les ramène vers l'évier, repart, ramasse cuillères, tasses à café et tout ce qui traîne encore, met le coup d'éponge en envoyant balader les miettes au sol, au grand plaisir du chat qui se jette aussitôt dessus.

Les bras ballants, elle regarde s'éloigner son cher camping-car, sans doute pour la leçon de conduite que Victor a promise à chacun de leurs trois enfants ; et, au prix d'un effort considérable, elle contient sa rage grandissante jusqu'à ce que les filles soient enfin reparties chez elles et que Jonathan ait regagné sa chambre. Victor, bien épuisé par la journée, s'apprête à se vautrer sur le canapé, mais Agathe lui barre le passage vers le salon.

– Et ce que j'en pense, moi, ça compte pour des clopinettes ? attaque-t-elle sans préambule, les bras croisés sur la poitrine. Tu ne crois pas que tu aurais pu attendre d'avoir mon avis ?

Visiblement, Victor ne s'était pas préparé à une telle offensive et il regarde sa femme d'un air éberlué.

– Tu parles de quoi ? lui demande-t-il. Du camping-car ?

– Évidemment que je parle du camping-car, Victor, pas de la grande muraille de Chine ! Qu'est-ce qui t'a pris de dire oui aux trois ? Que Mady et Jonathan en aient besoin le temps d'un week-end, passe encore, mais que

Flore nous l'embarque toute une semaine, ça commence à faire beaucoup, non ? Bientôt c'est toute l'année qu'ils partiront avec !

– Bien sûr que non, Agathe, tu le sais bien. Et de toute façon, je te rappelle qu'on n'en a pas besoin avant septembre. Je ne vois pas ce que ça peut te faire qu'ils en profitent pendant l'été.

Victor la contourne pour passer dans le salon et Agathe se retient de lui voler dans les plumes. Elle a envie de crier, de lui dire qu'elle espère à chaque instant qu'il changera d'avis, que son seul désir à elle aurait été de partir tout de suite, tout le temps, qu'elle s'en fiche complètement d'aller acheter ses légumes au magasin plutôt que de consommer ceux du jardin et surtout qu'elle déteste l'idée de ne plus pouvoir profiter de son propre véhicule à sa guise. Mais une grande lassitude s'empare d'elle et elle tourne les talons sans rien ajouter.

Poule house

Euphorie, en quatre lettres. Facile. Agathe note le mot *joie* dans les cases en songeant que c'est loin d'être le cas pour elle aujourd'hui. Une fourmi se promène sur le bord de la table. *Repoussée violemment.* Avec le *j* en deuxième position. D'une pichenette, Agathe envoie l'insecte au sol, écrit *éjectée*, regarde la fourmi qui, déjà sur pattes, repart en direction de l'évier.

Dehors il ne pleut plus mais de lourds nuages noirs cachent encore le soleil. Agathe referme le magazine et le repose sur le dessus de la pile en soupirant. Elle se lève pour voir sa jolie petite maison sur roues à travers la fenêtre. – *Il s'en va et il revient,* fredonne-t-elle sans grand enthousiasme.

Pour Mady, comme pour Jonathan, tout s'est déroulé sans accroc. Logiquement, c'est Flore et sa petite famille qui seront les prochains à en profiter et Agathe frissonne déjà à la pensée de le voir une nouvelle fois repartir sans elle.

La sonnette de l'entrée retentit à seize heures précises et Agathe se précipite pour ouvrir à son amie qui, elle l'espère, saura lui remonter le moral. Sur le seuil, Emma retire ses lunettes de soleil aux montures larges, du même rouge écarlate que ses sandales à talons hauts. Elles s'embrassent et Agathe a envie de pleurer, là, tout de suite, mais elle se retient de toutes ses forces. Elle entraîne son amie vers la cuisine et sort deux bières du frigo. Emma refuse le verre qu'Agathe lui propose et décapsule sa canette en faisant levier avec son briquet.

– Victor n'est pas là ? demande-t-elle en regardant le jardin à travers la porte-fenêtre.

– Non, il est à *La Creusoise*, pour une partie de belote, je crois. C'est en tout cas ce que je l'ai entendu dire ce matin à la cibi.

– Tiens ? Tu ne m'avais pas dit qu'il ne voyait plus ses collègues depuis la retraite ?

– Si. Mais tu vois, ça a changé.

À la première gorgée de mousseuse bien fraîche, Agathe est prise de hoquets, comme à chaque fois qu'elle avale des bulles.

– Et Jonathan, il a ramené le camping-car en bon état, au moins ?

– Oui, ou... *hic*..., répond Agathe en se forçant à sourire. Tu penses bien que j'ai... *hic*... fait une inspection en règle !

– Je n'en doute pas une seconde, dit Emma en riant. Et avec Victor, vous repartez quand ?

– Au… *hic*… cune idée. Quand j'essaie de lui en par… *hic*… ler, il passe à autre chose, rétorque Agathe en se dirigeant vers l'évier.

Elle fait couler de l'eau dans un verre, y plante un couteau, la lame tournée vers le fond, et avale le liquide d'un seul coup, sans reprendre son souffle. Elle respire à fond. Le hoquet a disparu. Emma est toujours surprise de constater que ce truc sorti d'on ne sait où marche à tous les coups.

– Tu m'offres une cigarette ? lui demande alors Agathe.

– Tu plaisantes ?

Agathe attrape sa bière sur la table et se dirige vers la porte-fenêtre.

– Tu es sûre que c'est une bonne idée ? insiste encore son amie en la rejoignant sur la terrasse.

– Je ne sais pas si c'est une bonne idée, mais en tout cas c'en est une !

Emma ne comprend pas. Depuis plus de quinze ans qu'Agathe ne fume plus, elle n'a eu de cesse de lui répéter qu'elle ferait mieux d'arrêter elle aussi, que c'est mauvais pour la santé, que ça ne sert à rien, que ça pue, que ça coûte cher, que c'est stupide, et tout un tas d'autres joyeusetés dont elle se serait bien volontiers passée. Mais le regard de son amie ne laisse planer aucun doute. Agathe pioche une cigarette dans le paquet d'Emma, la porte à ses lèvres, l'allume d'une main tremblante, tire une longue bouffée, la trouve dégueulasse, en reprend une autre, remplit ses poumons, tousse, recrache la fumée.

– Viens, je vais te montrer quelque chose, lui intime-t-elle, sans laisser à Emma le temps de s'asseoir.

Elle descend les trois marches qui séparent la terrasse du jardin et bifurque aussitôt sur sa gauche. Chaussée d'une paire de baskets, elle avance vite. Emma, dont les talons hauts se tordent dans le gravier, a du mal à la suivre. La jeune retraitée s'immobilise à l'angle de la maison.

– Regarde, lui dit-elle quand son amie arrive à sa hauteur.

Emma ne voit pas grand-chose, à part un madrier de bois posé sur quatre plots de ciment qui sortent du sol. Agathe aspire une nouvelle bouffée, guère plus plaisante que la précédente, recrache la fumée.

– C'est quoi ? Une cabane pour les petits ? demande Emma qui a bien du mal à comprendre l'intérêt soudain de son amie pour ce début de construction au fond du jardin.

– C'est aussi ce que je croyais. Mais non. Emma, je te présente notre futur poulailler, la dernière lubie de mon très cher mari, répond Agathe en se forçant à sourire.

Elle ricane, jette son mégot sur le sol, l'écrase de la pointe de sa basket.

– Un poulailler, non mais tu imagines ! ajoute-t-elle en laissant éclater sa colère. On en avait, des poules, à la maison quand j'étais petite, et tu peux me croire qu'on ne partait pas en vacances comme ça ! Et pourquoi pas des oies ou des canards pendant qu'on y est !

Emma suggère que Victor a peut-être voulu lui faire une mauvaise blague et que cette cabane est bien destinée aux petits-enfants, mais Agathe a de sérieux doutes sur la question. Ses yeux se voilent et des larmes coulent sur ses joues sans qu'elle puisse les retenir plus longtemps. Emma lui tend un paquet de mouchoirs. Agathe renifle et se mouche bruyamment. À nouveau, elle se force à sourire, car, comme le dit cette jolie phrase d'un anonyme : *Souris, même si ton sourire est triste, car s'il existe quelque chose de plus triste qu'un sourire triste, c'est bien la tristesse de ne pas savoir sourire.*

– T'inquiète, ça va passer, la rassure-t-elle bravement mais sans trop y croire.

Du noir a coulé sous ses yeux et lui donne l'air d'un clown triste. Emma ne peut s'empêcher de rire. Agathe rit elle aussi, dit que c'est n'importe quoi, qu'elle ne comprend pas comment elle a pu s'imaginer un seul instant que Victor aurait dans l'idée de prendre des poules alors qu'il lui a promis de partir en vadrouille dès le mois de septembre. Mais rien n'y fait. Elle est incapable de se départir de l'idée que son mari est devenu casanier et cette pensée l'attriste.

– Tu sais, poursuit-elle en prenant le bras d'Emma pour regagner la terrasse, je regrette parfois d'avoir gagné à ce fichu jeu. Si je n'avais pas acheté le camping-car, je ne me serais pas mise à rêver de voyages et d'aventures. Je me serais contentée de ma nouvelle vie, sans me poser la question de savoir si je préfère consommer des produits du jardin ou partir en vacances.

Sa voix se brise et des larmes coulent à nouveau sur ses joues.

– Et si on partait toutes les deux ? lui propose soudain Emma. J'ai quelques jours de congé la semaine prochaine.

Un lit pour Emma

Tout près du miroir, Agathe s'applique pour tracer le deuxième trait, ni trop fin ni trop épais, à l'aide d'un eye-liner noir. À certains endroits la tâche est rendue difficile par les plis de la paupière, surtout à droite parce que c'est de ce côté-là qu'elle dort la plupart du temps, mais le résultat vaut la peine de s'y attarder tant ses yeux paraissent plus grands. Elle froisse ses cheveux pour leur donner du gonflant. Elle aime bien sa nouvelle coupe, plus courte, plus légère.

Elle tire la peau de ses joues vers l'arrière, jusqu'aux oreilles, essaie de s'imaginer avec le visage refait, retendu, rajeuni. Comme tout le monde, elle sait qu'il existe d'autres alternatives au bistouri, comme la mésothérapie pour sublimer en surface, les ultrasons pour remettre le visage en tension, la radiofréquence pour prévenir le relâchement, ou encore les fils tenseurs en acide polylactique pour un lifting tout en douceur, intervention certes plus lourde que des injections, mais très abordable tout de même, à en croire les articles qu'elle a pu lire à ce sujet. Mais aucune de ces méthodes ne l'attire vraiment. Elle retire ses mains, sa peau se relâche. Elle sourit à son reflet et les rides se transforment. Des pattes-d'oie se dessinent aux coins de ses yeux et des ridules entourent ses pommettes comme les premières strates d'un arbre quasi centenaire, témoins indissociables d'une vie déjà bien remplie mais ô combien belle dans l'ensemble, et qui, semble-t-il, n'a pas fini de l'être !

Agathe sifflote, range ses derniers accessoires de maquillage, referme la tirette de la trousse de toilette qu'elle cale sous son bras en quittant la salle de bains. Elle tend l'oreille, mais apparemment Victor n'est toujours pas rentré. Elle espère à tout moment entendre le bruit familier du vieil utilitaire qu'ils ont acheté il y a quelques années, et qui sert tout autant à transporter des vieilleries jusqu'à la déchèterie qu'à participer aux déménagements des uns et des autres. Elle relit encore une fois la liste posée sur la table de la cuisine pour être sûre de n'avoir rien oublié. L'absence de Victor commence à sérieusement l'inquiéter.

Dans la cour, Emma range deux grosses valises dans sa voiture, une dans le coffre et l'autre sur le siège arrière.

– Ça y est elles sont vides ! dit-elle à Agathe qui arrive près d'elle. Je me suis permis d'en mettre aussi dans ton placard.

– Heureusement que je n'emmène pas autant d'affaires que toi, s'amuse Agathe en riant. Ce n'est pas un camping-car qu'il nous faudrait, c'est un semi-remorque !

Emma l'entraîne à l'intérieur du véhicule, veut lui faire voir comme tout est bien rangé, de ses piles de débardeurs, de tee-shirts et de jeans à sa collection de chaussures, jaunes, rouges, bleues ou noires, assorties à chacune de ses tenues. Elle ne tient pas en place, ne cesse de s'extasier, s'amuse à ouvrir tous les tiroirs les uns après les autres. Elle se met au volant, chantonne, retourne à l'arrière, s'imagine en train de cuire un steak sur la petite plaque de cuisson.

Agathe sursaute en entendant le bruit d'un moteur. Victor, enfin, est de retour. Il l'interpelle pour qu'elle vienne l'aider. Intriguée, Agathe s'approche de la fourgonnette. Victor ouvre le coffre en grand, se penche, et, les deux bras en avant, tire sur ce qu'Agathe reconnaît comme étant un matelas, flambant neuf et emballé dans son film plastique. Victor lui demande de l'aide pour l'extraire de la voiture.

– C'est pour le camping-car, dit-il. Il sera beaucoup mieux que l'autre.

Agathe n'en revient pas. Le matelas est lourd dans ses bras. Elle ne trouve pas de prise, le plastique glisse entre ses mains. Emma leur crie de l'attendre et arrive aussi vite que le lui permettent ses talons hauts dans les graviers tandis que Victor et Agathe le tournent sur le côté pour le poser au sol.

– Tu changes de literie ? demande alors Emma à Victor.

– Non, c'est pour toi, dit Agathe, devançant la réponse de son mari. C'est vrai qu'il a l'air beaucoup plus confortable que l'autre.

– *Pour sûr* que tu dormiras mieux sur celui-là, répond Victor en regardant Emma. Et moi aussi, la prochaine fois !

Il accompagne ses propos d'un clin d'œil et Agathe rougit de l'entendre évoquer leur intimité de couple. Elle n'avait jamais dit à personne qu'elle et Victor ne dormaient plus ensemble, pas même à Emma qui pourtant est son amie la plus proche. Mais entendre son mari évoquer l'idée d'un nouveau départ l'emplit d'un tel bonheur qu'elle en oublie le reste. Son cœur esquisse un pas de danse, une pirouette, un entrechat, et elle rit bêtement quand le matelas tombe sur ses pieds, manquant de la faire trébucher.

Complètement piquées !

Agathe se penche par la vitre pour embrasser son mari du bout des lèvres, comme ils ont pris l'habitude de le faire chaque fois qu'ils se séparent. Elle se redresse, attache sa ceinture, démarre et quitte prudemment la cour, guidée par Victor qui lui fait signe que la voie est libre. Dans le rétroviseur, elle le voit agiter le bras puis disparaître de son champ de vision lorsqu'elle tourne à droite au bout de la rue.

– Eh ben, ma louloute, tu sais qu'un homme comme le tien, ça donnerait presque envie de se marier ! dit Emma en activant le GPS.

Agathe rit parce qu'elle sait pertinemment qu'Emma tient trop à sa vie de célibataire où elle n'a de comptes à rendre à personne pour parler sérieusement. Elle précise toujours, pour ceux qui auraient un doute à son sujet, qu'elle aime trop les hommes pour n'en aimer qu'un seul. Elle flirte, elle drague, elle séduit, parfois juste pour le plaisir. Elles roulent depuis une bonne trentaine de minutes quand, penchée par sa vitre ouverte, Emma demande soudain à Agathe de ralentir pour laisser passer un piéton, un grand blond aux chaussures noires. Elle le siffle au moment où il traverse et Agathe ne peut s'empêcher de rire devant l'air surpris du type.

– Quoi de neuf à l'hôpital ? lui demande-t-elle alors qu'elles arrivent en rase campagne où les distractions sont beaucoup moins nombreuses.

Emma est une conteuse-née et Agathe se régale toujours de l'entendre rapporter les bruits de couloir en y ajoutant force détails, plus croustillants les uns que les autres, n'hésitant pas à en inventer pour les besoins du récit. Elle imite, elle parodie, elle théâtralise. La primeur revient aujourd'hui à la petite nouvelle du service de cardiologie, surprise en train de réajuster sa blouse en sortant du bureau du Dr Minoir, cet inlassable coureur de jupons qui repousse sans cesse son départ à la retraite parce que les opportunités de satisfaire ses désirs de chair fraîche sont bien plus nombreuses au boulot qu'à la maison où « mémère », comme il l'appelle, veille au grain. La manière dont Emma décrit les frasques du vieux médecin fait beaucoup rire Agathe, d'autant que son amie mime à la perfection cette façon mielleuse qu'il a de s'adresser à la gent féminine.

Agathe jette un œil dans le rétroviseur, où, comme toujours, la file de voitures grossit à vue d'œil, mais elle s'est fait une raison et ça ne la tracasse plus comme la première fois. Elle monte le son du poste alors que passe sur les ondes *Mon vieux*, son morceau préféré de Daniel Guichard. Elle a beau l'avoir entendu une bonne centaine de fois, elle en a chaque fois les larmes aux yeux ; sans doute parce qu'elle aussi avait vu son père trimer et se fatiguer au boulot, et souvent même sans prendre un seul dimanche de repos. À la station-service, les chiffres défilent et semblent ne plus vouloir s'arrêter. Agathe déglutit en les voyant dépasser les cent litres. Jusqu'à présent, c'est Victor qui s'occupait de faire le plein et elle ne s'était pas rendu compte à quel point son camping-car pouvait être gourmand. Emma en profite pour glisser une blague salace, l'histoire du mec qui change en même temps de voiture et de femme, la première parce qu'elle suce trop et la deuxième pas assez.

– Eh ben, t'as l'air en forme ! dit Agathe en riant de bon cœur.

La chaleur devient plus forte à mesure que la journée avance. Elles ont ouvert les vitres en grand parce qu'Agathe ne supporte pas la clim qui « lui tombe sur la gorge » à chaque fois. Ses cheveux, qu'elle ne peut plus attacher depuis qu'elle les a fait raccourcir, volent dans tous les sens. Une mèche parfois lui couvre une partie du visage et elle l'écarte alors en la coinçant derrière l'oreille. Elle se sent bien, de plus en plus à l'aise au volant de son magnifique véhicule qu'elle se plaît en secret à nommer son *Baby*.

Emma se ferait bien une pause baignade. Agathe n'est pas contre, d'autant plus, dit-elle, qu'elle connaît une rivière pas très loin d'ici. Avec Victor, ils y avaient planté la tente pendant quelques jours au début de leur mariage. Une guêpe, arrivée là dans un tourbillon d'air chaud, la fait soudain sursauter. Elle l'entend avant de la voir. Son cœur s'emballe. La bestiole se matérialise, menaçante, sur le tableau de bord. Agathe ne peut s'empêcher de crier. La guêpe s'approche de son visage et elle lâche le volant. Elle balaie l'espace pour tenter de chasser l'opportune.

Sans qu'elle s'en rende compte, le camping-car se déporte sur la voie de gauche. Emma hurle à Agathe qu'elle est folle et lui ordonne de s'arrêter immédiatement sur le bas-côté. Un camion qui arrive en face klaxonne plusieurs fois. Emma attrape le volant et parvient à rétablir de justesse la trajectoire. La guêpe, affolée, tourne dans l'habitacle, de plus en plus vite. Agathe, le cœur battant la chamade, freine et se range sur le bord de la route. Les graviers crissent sous les pneus quand elle atteint la bande d'arrêt d'urgence et le camping-car s'immobilise dans un concert d'avertissements sonores de conducteurs terrifiés par sa conduite. Emma soupire. La guêpe s'envole par la vitre, comme elle était venue. Agathe a encore les jambes flageolantes quand Emma reprend le volant. Elle rit pour se donner une contenance et sourit quand son amie, qui n'en loupe pas une, ajoute que c'est le comble pour une infirmière d'avoir peur des piqûres.

Agathe essaie de se souvenir de la route qui mène à la rivière. Elle se trompe trois fois de chemin et Emma est obligée de faire demi-tour dans des conditions tellement pas possibles que la jeune retraitée est bien contente de ne plus être au volant. Elles arrivent, enfin, dans cet endroit du bout du monde où personne n'a eu l'idée de venir se baigner aujourd'hui.

Des frissons parcourent les deux amies quand elles entrent dans la rivière, tout doucement, pour avoir le temps de s'habituer à la fraîcheur de l'eau. Emma est la première à retirer le haut de son maillot de bain. Elle le fait tournoyer un moment au-dessus de sa tête en criant « Youhou » à la façon d'un cow-boy dans les westerns américains, avant de l'envoyer valser sur la plage de galets. Agathe regarde de tous côtés, vérifie qu'il n'y a personne et imite sa copine en gloussant comme une adolescente. Il n'y a pas beaucoup de fond, et très vite toutes deux se couchent dans le courant pour profiter des bienfaits de l'eau froide qui vivifie le corps et fait durcir le bout des seins. Elles rient. Elles sont heureuses. Elles s'accrochent aux rochers, les lâchent, se laissent emporter un peu plus bas puis remontent le lit de la rivière à la force de leurs bras. L'exercice leur plaît et elles recommencent plusieurs fois.

– On devrait faire ça plus souvent, dit Emma, c'est trop bon… ajoute-t-elle en soupirant.

Sous l'œil amusé de son amie, elle se contorsionne alors pour retirer le bas de son maillot. Inquiète, Agathe regarde à nouveau de tous côtés. Elle hésite à faire de même. Emma l'encourage, lui vante les bienfaits de la chose, et Agathe se laisse séduire. Couchée dans l'eau, elle retire le sien et le lance vers la plage de cailloux sans se relever. Mais, à son grand désarroi, il atterrit pile sur une roche saillante, en plein milieu du cours d'eau.

Toujours à plat ventre, Agathe traverse le ruisseau pour le récupérer, mais le coquin se décroche alors et file dans le courant. Emma se tord de rire à en avoir mal au ventre. Le morceau de tissu continue sa course folle et Agathe ne rit plus, mais alors plus du tout ! Elle se voit déjà devoir en acheter un autre dans pas longtemps. Emma, qui parvient à contenir son fou rire, se relève à son tour pour lui prêter main-forte. Soudain, Agathe s'immobilise au milieu du courant. Instinctivement, elle pose une main sur son pubis rasé de près et une autre sur ses seins. En face d'elle, tout près du *Baby*, un homme la regarde. Il porte une besace à l'épaule et tient une canne à pêche dans sa main gauche. Il sourit. Agathe ne bouge plus. Elle se sent rougir jusqu'à la racine des cheveux.

Emma pousse un cri de victoire alors qu'elle attrape, enfin, le bout de tissu. Elle relève la tête, et voit le pêcheur à son tour. Le plus tranquillement du monde, elle ressort de l'eau, sans plus s'occuper de l'opportun. Elle se baisse, ramasse sa serviette, s'y enroule et la noue à hauteur de son buste. Puis elle déploie celle d'Agathe pour la dissimuler au regard de l'homme. Agathe se précipite hors de l'eau et s'y enveloppe en poussant un soupir de soulagement. Un franc sourire aux lèvres, l'homme reprend alors sa marche en direction de la rivière.

– Belle journée, n'est-ce pas ? leur dit-il en passant, et son regard s'attarde un moment sur les deux amies qui échangent un sourire, enveloppées dans leurs draps de bain.

Rien ne va plus !

La centrale à vapeur est posée sur le bureau, près de la fenêtre, bien à l'abri dans son carton flambant neuf. Victor s'assied au bord du lit, épuisé, vidé, alors qu'il n'a pas fait grand-chose aujourd'hui. Il sait parfaitement qu'Agathe n'a pas beaucoup apprécié son cadeau pour leur anniversaire de mariage, pourtant il avait cru bien faire en le choisissant. C'était pas compliqué, tout de même, de se rappeler que sa femme déteste le repassage et qu'elle plie tout soigneusement depuis des années pour s'éviter cette corvée ! Ses yeux balaient l'espace de cette chambre où il s'endormira seul ce soir et s'accrochent à la toile d'araignée qui trône bien en évidence entre l'armoire et le plafond. Agathe refuse toujours d'aspirer les araignées, sauf les noires velues, parce que, dit-elle, elles attrapent les moustiques et tout un tas d'autres bestioles. Ce en quoi Victor ne lui donne pas tort. Mais la vision de cette toile lui fiche un coup de blues comme il n'en a pas connu depuis longtemps, comme si lui-même s'y était fait prendre et ne parvenait plus à s'en dépêtrer.

Il ouvre le tiroir de la table de chevet. Tout au fond, derrière la pile de mouchoirs, la boîte de pilules bleue est toujours là, intacte. Il ricane et se moque de lui-même. Quand Yves, le vieux médecin rencontré au camping, lui avait remis l'ordonnance, il avait foncé à la pharmacie sans rien dire à Agathe. Mais il avait pris tellement peur en découvrant la liste des effets secondaires et risques en tous genres inscrits sur la notice qu'il n'avait toujours pas osé les prendre. Victor déteste les médicaments. S'il a avalé trois fois des antibiotiques depuis sa naissance, c'est le bout du monde. *Une force de la nature*, dit-on souvent de lui. C'est vrai que l'autre jour, quand Timéo avait disparu, il avait ressenti des pincements au cœur, mais c'était juste à cause du stress et le jeune retraité n'avait pas vu là de quoi s'inquiéter.

Il avait alors rangé sa boîte de médicaments *antipannes sexuelles* derrière la pile de mouchoirs, un peu dépité, et sa main alors avait rencontré un objet dur. C'était une autre boîte, plus petite, en velours. Il ne savait pas depuis combien de temps elle était là, ni même s'il avait su un jour que c'est à cet endroit qu'Agathe l'avait mise. Il l'avait reconnue tout de suite et ses mains tremblaient quand il l'avait ouverte. Leurs deux alliances étaient intactes, comme au premier jour, après toutes ces années. Les larmes lui étaient montées aux yeux quand il s'était rappelé le moment où Agathe et lui avaient décidé, d'un commun accord, de ne plus les porter, quelques semaines à peine après leur mariage. Agathe ne voulait plus mettre la sienne au boulot par peur de faire mal à un patient, et Victor, quant à lui, craignait de se blesser en bricolant.

La sonnette de l'entrée, forte, insistante, le tire de ses pensées. Son cœur soudain bat plus vite. Il imagine une fraction de seconde Agathe devant la porte, mais son euphorie est de courte durée. C'est évident que ça ne peut pas être elle puisqu'elle utiliserait ses clefs pour entrer. Et puis, que ferait-elle là alors qu'elle doit se trouver pas loin d'Hauterives à cette heure-ci ? Victor hausse les épaules et se lève pesamment pour aller ouvrir.

– J'arrive, crie-t-il alors que la sonnette retentit une seconde fois.

C'est une Flore au visage défait qui l'attend sur le palier. Mélina, une expression sérieuse sur le visage, tient la main de sa mère tandis que Timéo s'amuse à monter et redescendre les marches, sans que Flore, contrairement à ses habitudes, ne lui demande d'arrêter. En apercevant son papy, Timéo remonte en courant. Victor tend les bras et soulève le petit de terre en riant.

– Mais entrez donc, leur dit-il. Tu ne m'avais pas prévenu que vous alliez passer, ajoute-t-il à l'encontre de Flore.

– Je t'expliquerai, répond-elle sans sourire. Tu as des nouvelles de maman ?

– Pas encore, mais tu sais, ça ne fait que quelques heures qu'elle est partie. Vous voulez boire quelque chose ?

Victor repose son petit-fils sur le sol. Timéo et Mélina veulent bien du sirop de grenadine. Flore ne veut rien.

– On peut aller à la balançoire ? demande Timéo, une moustache rouge au-dessus des lèvres, déjà prêt à bondir.

– Oui, bien sûr, répond Flore, sans s'inquiéter de lui essuyer la bouche, comme elle le fait en général quand il sort de table.

Mélina ne bouge pas. Elle attend. Flore l'encourage à rejoindre son frère et la petite se lève, doucement, comme pour ne pas déranger.

– Ça n'a pas l'air d'aller, dit alors Victor à sa fille.

Au bord des larmes, Flore hoche la tête.

– Rodolphe a une maîtresse, avoue-t-elle en étouffant un sanglot.

Victor comprend mieux les sautes d'humeur de son aînée. Et la façon incohérente dont elle se comporte ces derniers temps. Ainsi, quand Agathe lui avait raconté, honteuse, la disparition de Timéo, Flore ne s'était pas fâchée. Elle avait haussé les épaules en disant que ça arrive à tout le monde et que l'essentiel était qu'il ne lui soit rien arrivé. Et l'instant d'après elle s'était mise dans une colère effroyable pour une histoire de ballon que Timéo venait d'envoyer dans le jardin du voisin.

– Tu en es sûre ? demande Victor qui ne trouve rien d'autre à dire.

– Évidemment que j'en suis sûre ! répond Flore presque en criant et le regard courroucé.

Elle se tourne un instant vers le portique, mais les enfants ne semblent pas avoir entendu son éclat de voix. Elle poursuit, plus doucement, mais les dents serrées et le regard aussi agressif que celui de Gargouille quand on lui confisque son horrible et bruyant jouet :

– Ça fait trois mois que ça dure, papa, et il ose me jurer que c'est une aventure sans importance !

Victor aimerait qu'Agathe soit là parce qu'elle saurait quoi dire. C'est à elle que Flore devrait se confier, pas à lui. Ça a toujours été ainsi et il n'a aucune envie que ça change aujourd'hui. Et puis, il se sent vraiment mal placé pour émettre un quelconque jugement, lui qui n'a pas toujours été fidèle par le passé. Oh, rien de bien sérieux, juste une histoire par-ci par-là quand il partait en déplacement, mais à la différence de Flore, Agathe n'en avait jamais rien su. Il avait bien failli le lui avouer plus d'une fois, mais il avait eu si peur qu'elle le quitte qu'il s'était tu.

– Tu le sais depuis longtemps ? demande-t-il, comme si la question avait la moindre importance.

– Depuis notre retour de vacances, répond Flore tandis que Victor se lève pour chercher la bouteille de rosé au frigo. Je suis tombé sur un SMS de cette poufiasse parce que mon idiot de mari avait laissé traîner son portable sur la table après le repas. *Tu me manques chaton*, qu'elle lui a écrit, *viens vite ronronner dans mes bras…* Non, mais tu vois le niveau ! J'aurais dû m'en douter, ça faisait un moment qu'il rentrait plus tard. Et tu as vu comment il m'a traitée au Puy du Fou ? Je vais demander le divorce, ajoute-t-elle, le visage fermé et les lèvres serrées.

Victor est déboussolé par la vitesse à laquelle les informations arrivent. Il revient vers Flore avec deux verres en main et la jeune femme admet volontiers qu'un petit remontant lui fera le plus grand bien, d'autant plus, rencherit-t-elle, qu'elle aimerait rester dormir là ce soir avec les enfants.

– Je n'en peux plus de voir sa gueule d'abruti enfariné tous les soirs ! Je lui ai dit de se prendre un appart, tu penses bien, mais au lieu de s'en occuper, il passe son temps à me supplier de lui pardonner et de lui donner une deuxième chance ! *Pauvre petit chaton...* Sérieusement, papa, il ne peut quand même pas imaginer que je serais capable de faire comme s'il ne s'était rien passé. Mais dis quelque chose ! poursuit-elle, agacée par le mutisme de Victor et emportée par une colère grandissante.

Mais l'arrivée de Jonathan dispense Victor de répondre. Il en profite pour s'éclipser et rejoindre les petits, le cœur encore plus lourd que tout à l'heure, parce qu'Agathe, elle, aurait su trouver les mots beaucoup mieux que lui.

Pablo Jimenez

La douchette reliée au minuscule lavabo refuse de cracher autre chose que de l'eau glacée. Toute nue dans le petit espace qui sert de salle d'eau, Agathe se met à trembler. N'écoutant que son courage, elle se mouille très rapidement, se savonne et se rince le plus vite possible. Elle claque des dents en enroulant la serviette autour d'elle mais doit bien admettre que l'eau froide l'a requinquée et que la fatigue de cette journée de route a tout l'air d'avoir disparu.

Le déclic se fait soudain dans son esprit. L'arrivée de gaz doit être coupée pendant les trajets et remise en route dès que nécessaire. Elle s'en veut d'avoir oublié ce détail. Pourtant elle avait vu Victor le faire plusieurs fois. Elle sourit de son étourderie, se dit qu'elle n'a pas fini d'apprendre, mais qu'au moins, ce soir, elle n'aura pas à vider les eaux grises et la « *boîte à caca* » – comme le disait très élégamment Claudine, l'Alsacienne rencontrée aux Sables-d'Olonne –, ni à remplir le réservoir d'eau encore à moitié plein.

Emma n'est pas revenue de sa balade quand Agathe, fraîche et pimpante, emprunte le marchepied pour descendre du camping-car. Elle verrouille les portières et traverse le parking pour voir de plus près le magnifique Combi VW qu'elle avait repéré, tout à l'heure, en arrivant à Hauterives. Elle le trouve encore plus beau à mesure qu'elle s'en approche, avec le soleil qui scintille sur sa carrosserie vert amande métallisée.

La première fois qu'Agathe en avait vu un, elle l'avait d'abord pris pour une très grosse voiture, bien rigolote avec ses grosses fleurs peintes un peu partout, visiblement par quelqu'un qui aimait la couleur. C'était à la fin de l'été. Ce jour-là, Agathe accompagnait son père au marché, dans le village d'à côté, comme elle le faisait souvent le dimanche, pour y vendre les œufs des poules et les légumes récoltés la veille dans leur immense potager.

Au volant de sa 4L fourgonnette, son père s'était arrêté pour regarder passer cet engin bizarre, ni voiture, ni car, ni camion. Il lui avait expliqué, les yeux brillants et le regard perdu dans le vague, qu'on pouvait y dormir, y manger, et même s'y laver. Toute la journée, derrière son étal, Agathe l'avait senti absent. Quand elle lui avait posé la question vers le soir, alors qu'ils remballaient les invendus, son père lui avait répondu, en tapotant son crâne de l'index droit, que les rêves c'est bien et qu'il en faut pour vivre, mais que parfois il vaut mieux les laisser là où ils sont. Ils n'en avaient plus jamais reparlé par la suite et chaque fois qu'Agathe avait voulu aborder le sujet, son père ne lui répondait pas, mais son regard avait l'air de s'envoler vers quelque contrée lointaine. S'il était encore de ce monde, elle l'aurait emmené en vadrouille dans sa petite maison sur roues, songe-t-elle alors, et une vague de nostalgie l'envahit.

Agathe sursaute en entendant une voix masculine dans son dos.

– Pour la photo, ça fera cinq euros.

Elle se retourne précipitamment, amusée par cette entrée en matière.

– Il est magnifique, dit-elle. C'est le vôtre ?

– J'ai cette chance-là, en effet.

L'homme sourit et ses yeux sombres presque noirs pétillent de malice.

– Pablo Jimenez… pour vous servir, se présente-t-il en s'inclinant légèrement.

– Agathe Mangevin.

Le sourire de Pablo s'élargit plus encore et Agathe imagine que c'est à cause de son nom de famille. Mais qu'importe, elle a l'habitude et s'en amuse généralement elle aussi. L'homme est charmant. Il lui fait aussitôt penser à Manitas de Plata au même âge. Entre quarante-cinq et cinquante-cinq ans, dirait-elle à vue d'œil. Ses cheveux noirs et hirsutes qui encadrent son visage basané lui feraient parier qu'il est d'origine espagnole. À peine plus grand qu'elle, il porte un tee-shirt noir sur lequel un dauphin plonge dans un aquarium en forme de demi-rond, accompagné de l'inscription « *Save our planet* ».

– Je ne vous propose pas de visiter l'intérieur, dit-il, je n'ai pas eu le temps de faire le ménage.

– Ne vous inquiétez pas, le rassure-t-elle en souriant, je n'avais pas l'intention de vous le demander. À propos de visite, vous avez déjà vu le Palais idéal du facteur Cheval ?

– Oh oui, et plutôt deux fois qu'une ! Je le trouve fabuleux, surréaliste. On plonge dans une autre dimension là-dedans. C'était un sacré bonhomme, ce Ferdinand Cheval.

– Eh bien, dit Agathe en riant, je suis pressée d'être à demain !

– Vous n'allez pas au concert ce soir ? demande Pablo, l'air étonné.

– Non… Quel concert ?

Elle aperçoit alors Emma qui passe de l'autre côté du parking sans les voir et l'appelle en lui faisant signe de la main. Emma s'approche et Agathe se charge des présentations.

– Pablo était en train de me parler d'un concert ce soir, rapporte-t-elle à son amie.

– Oui, je viens d'apprendre ça, répond Emma. C'est du jazz manouche. Je suis allée jusqu'au guichet quand j'ai vu les affiches, mais malheureusement il n'y a plus de places. On est vraiment trop connes, on aurait dû regarder sur le site avant de partir.

– Si vous venez avec moi, suggère Pablo, vous pourrez entrer sans problème. Ça vous tente ?

– Oh oui, avec plaisir ! s'exclame Agathe sans consulter son amie.

Pablo sourit, leur propose de se donner rendez-vous à dix-neuf heures sur le pont en face du château.

Au palais du voleur de poules

– Non, mais Agathe… tu te rends compte de ce que tu as fait ?

Emma est furieuse. Elle marche vite, se retourne plusieurs fois pour être sûr que l'homme ne les suit pas.

– Mais enfin, qu'est-ce qui t'as pris ? poursuit-elle d'une voix courroucée. Ce type est un gitan, ça se voit comme le nez au milieu de la figure !

– Oui, et alors ?

Agathe a bien du mal à comprendre l'irritation soudaine de son amie et s'imagine un instant qu'elle plaisante. Elle écarte les bras en signe d'impuissance lorsqu'elle réalise qu'il n'en est rien et sort les clefs de sa poche pour déverrouiller la porte latérale du camping-car.

– Tu as déjà oublié ce qui était arrivé à ma cousine ? demande encore Emma en la suivant à l'intérieur. Tu sais, le jour de son mariage, quand ils étaient revenus de l'église et que tout avait disparu dans la salle des fêtes, apéros, petits-fours et champagne compris ? Et comme par hasard, il y avait un campement de manouches juste à côté, dans lequel d'ailleurs la police s'était bien gardée de mener l'enquête.

Agathe se rappelle à présent cette histoire qui remonte à plus de trente ans.

– Ça n'a rien à voir, répond-elle à Emma en haussant les épaules. Et je te signale que tu m'avais dit à l'époque que leur culpabilité n'avait jamais pu être prouvée.

– Évidemment que c'était eux, ça ne fait aucun doute. Et tu crois qu'il va nous faire entrer comment, ton gitan ? Je suis sûre qu'il a été faire un trou dans le grillage. Sérieusement, Agathe, t'imagines comme on aurait l'air cons si on nous chopait ?

– Dis, Emma, tu n'as pas l'impression que tu exagères ? Il a peut-être juste deux places que quelqu'un lui aurait offertes. Moi je trouve qu'il a l'air très bien ce type. Mais si tu ne veux pas venir, ça n'est pas grave, j'irai seule.

Emma sort une bière du frigo, en propose une à Agathe qui décline.

– Certainement pas ! dit-elle. Je viens avec toi. Je ne te laisserai sûrement pas seule la nuit avec ce voleur de poules.

Emma avale une grande gorgée de bière à même la bouteille.

– Je prends ma lacrymo, ajoute-t-elle, on ne sait jamais.

Elle s'essuie la bouche du revers de la main. Agathe ne peut retenir un éclat de rire. Emma hausse les épaules.

– Tu peux rigoler, ma louloute, n'empêche que s'il nous attire dans les bois et qu'il sort son couteau, je n'hésiterais pas une seconde à le gazer ! Sur ce, je vais prendre une douche.

Elle ajoute en refermant la porte coulissante derrière elle qu'elle se sentirait bien plus en sécurité si Dingo était là. Agathe soupire. Elle ne lui répond rien parce que c'est décidément un sujet sur lequel elles ne seront jamais d'accord, mais elle doit bien reconnaître qu'un gros chien noir pourrait en effrayer d'autres qu'elle.

Assise sur la banquette du coin repas, elle profite de l'interlude douche pour appeler Victor, comme elle avait promis de le faire. Victor ne répond pas sur le fixe, ce qui n'est pas très étonnant vu l'heure, mais il ne décroche pas davantage sur son portable. Agathe s'apprête à lui laisser un message, comme elle avait promis de le faire, pour lui dire qu'elles sont bien arrivées à Hauterives mais Emma surgit alors de la douche, sa serviette enroulée autour d'elle.

– Tu es au courant, quand même, que les gitans ne voyagent jamais seuls ? Et si ses copains nous attendaient en embuscade quelque part ?

Agathe est bien consciente que s'ils étaient plusieurs à s'attaquer à elles, pauvres vieilles qui ne courent plus aussi vite qu'avant, elles ne feraient sans doute pas grand-chose avec une simple lacrymo. Elle imagine Pablo les entraînant dans quelque ruelle sombre mais chasse aussitôt cette pensée, convaincue qu'elles peuvent lui faire confiance. Elle l'a lu dans ses yeux.

– T'inquiète, Emma, je suis sûre qu'il ne nous arrivera rien de fâcheux.

Emma hausse les épaules et disparaît dans le coin couchage en marmonnant des choses qu'Agathe n'entend pas mais qu'elle peut aisément deviner.

À l'heure dite, elles retrouvent Pablo près de son Combi. Agathe s'efforce d'avancer d'un pas nonchalant, mais l'idée de frauder la taraude bien plus qu'elle ne le voudrait. Elle essaie de comprendre par quel tour de passe-passe Pablo les fera pénétrer dans l'enceinte du Palais. Sur son portable, elle a examiné la vue offerte par le satellite mais n'a rien vu qui puisse l'aiguiller. Par mesure de précaution, au cas où il faudrait avancer en terrain accidenté, elles ont toutes deux chaussé une paire de baskets, basses pour Agathe et à plateformes pour Emma qui ne supporte pas de paraître trop petite.

Pablo a troqué son tee-shirt noir pour une chemise blanche, ouverte sur le torse, et Agathe le trouve encore plus séduisant que tout à l'heure. Il porte autour du cou une fine chaîne en or. Une gourmette, en or elle aussi, habille son poignet droit, et le soleil la fait briller quand il lève le bras pour leur indiquer le château, de l'autre côté du pont.

– Il y a une expo photos là-bas en ce moment, d'un artiste qui s'est amusé à superposer ses clichés pour que chaque œuvre symbolise une invention. C'est original et bien fait, mais malheureusement je ne me rappelle plus son nom. Je vous conseille fortement d'aller y faire un tour demain, avant de repartir. Si vous avez le temps, bien sûr.

Agathe est de plus en plus persuadée que l'homme, tout gitan qu'il soit, ne ressemble en rien à un détrousseur de grand chemin.

– Alors comme ça, vous voyagez toutes les deux en camping-car ? demande Pablo.

– Oui, mais juste quelques jours, répond Agathe, plus prompte à le faire qu'Emma. Si ça ne tenait qu'à moi, ajoute-t-elle en soupirant, je ne rentrerais pas avant l'hiver. Et vous ?

– J'ai la chance d'être sur les routes toute l'année, dit-il en souriant. En réalité, le Combi est ma seule maison.

– Oui, bien sûr, comme tous les manouches, ne peut s'empêcher de glisser Emma.

– Oh non, pas tous ! Beaucoup se sont sédentarisés, l'informa-t-il en souriant. On y va ?

Le cœur d'Emma cogne dans sa poitrine sous l'effet de la peur. Ainsi donc, l'homme confirme être un gitan, comme elle le craignait.

– Et les autres, ils sont où ? interroge-t-elle encore, d'une voix rendue agressive par la peur. Car vous voyagez bien en groupe, n'est-ce pas ?

À travers l'étoffe de son sac, elle serre sa bombe lacrymogène, faible rempart, songe-t-elle, contre une meute de romanichels qui leur fondrait dessus. Pablo s'arrête, se retourne vers Emma.

– Ils viennent de se garer tout autour de votre camping-car, vous ne les avez pas vus ? lui demande-t-il sans sourire. Vous êtes cernées !

Emma secoue la tête, de plus en plus paniquée. Elle a envie de crier à Agathe qu'il est peut-être encore temps de filer d'ici avant qu'il ne soit trop tard, qu'elles n'ont qu'à rouler plus loin, se mettre à l'abri dans n'importe quel camping, dans un endroit où cet homme et ses amis ne pourront pas les suivre. Les yeux de Pablo pétillent et Agathe se rend compte qu'il se retient de rire. Évidemment, se dit-elle, il doit avoir l'habitude, la peur du gitan n'est pas nouvelle et Emma n'est sans doute ni la première ni la dernière à se méfier de lui. Elle se rapproche de son amie, glisse à son oreille qu'elle n'a pas à avoir peur, que personne ne cherchera à les détrousser.

– Fais-moi confiance, Emma, c'est par la grande porte qu'il nous fera rentrer, ajoute-t-elle en lui prenant le bras.

Aux côtés de Pablo, elles atteignent la ruelle qui mène à l'entrée du Palais. Des touristes entrent et sortent des échoppes, portant parfois des paquets remplis de souvenirs. Certains s'attardent de longues minutes devant le tourniquet de cartes postales, incapables de se décider, tandis que d'autres déambulent nonchalamment en léchant une glace. L'air est doux et les terrasses sont pleines. Agathe sourit. Elle est heureuse.

– Quand on reviendra demain, dit-elle à Emma toujours pendue à son bras, on prendra le temps de faire les boutiques. Je ramènerais bien quelques babioles pour la famille.

– Oui, bien sûr, répond Emma en soupirant. Sauf si on n'a plus rien d'ici là, souffle-t-elle tout bas pour que Pablo ne l'entende pas.

Agathe la regarde droit dans les yeux, les sourcils froncés, prête à lui dire que c'est n'importe quoi, qu'elle a bien vu, comme elle, que Pablo est un homme bien, gentil, prévenant, plein de finesse et de poésie, aimable, attentionné, mais elle ne peut s'empêcher d'éclater de rire devant son air effrayé. Elle lui indique du menton une affiche scotchée sur la devanture d'un quatrième ou cinquième marchand de souvenirs. Emma s'en approche. Elle regarde attentivement les musiciens sur la photo, et reconnaît, enfin, Pablo Jimenez, la guitare à la main et le sourire aux lèvres. Elle se sent un peu gourde et rit elle aussi, pour se donner une contenance.

L'artiste !

Au guichet, le gitan se dirige directement vers la jeune fille assise à l'accueil, une jolie brune dont le sourire s'élargit en l'apercevant. Il se penche vers elle, lui glisse quelques mots qui la font rire. Puis il se redresse et désigne les deux amies restées sur le pas de la porte d'un mouvement de la tête. Il leur fait signe de s'approcher et l'hôtesse leur tend à chacune un ticket d'entrée tout en leur souhaitant une très bonne soirée. Les deux amies se confondent en remerciements et suivent le guitariste, déjà dans l'escalier.

Au sortir de la tonnelle de glycines, leurs bouches s'arrondissent lorsqu'elles découvrent les trois immenses statues de pierre au fronton de ce Palais miniature, unique en son genre et conçu pour ne jamais être habité, juste pour le plaisir, par un homme que ses contemporains prenaient pour un fou et aujourd'hui hissé au rang de génie. Au pied de l'édifice, une scène est dressée, prête à accueillir les musiciens. Sur la pelouse, des viticulteurs du cru attendent les visiteurs derrière leur stand. Nos naturistes en herbe se sourient, ravies par la tournure que prennent les évènements.

– Il est magnifique, n'est-ce pas ? dit Pablo dont le regard englobe le Palais. Vingt-six mètres de long, quatorze de large et douze de haut, poursuit-il, parfait dans son rôle de guide. C'est la quatrième fois que je le vois et je le trouve plus beau à chaque fois. Par contre, vous allez être obligées de revenir demain pour l'admirer dans son intégralité, ajoute-t-il en désignant du menton la scène qui en cache toute la partie basse. Mais rassurez-vous, elle sera démontée dans la matinée.

Agathe s'approche de l'estrade, compte trois chaises, cinq trépieds de guitare et plusieurs enceintes.

– Sans doute, mais on aura le plaisir de le voir éclairé ce soir, dit-elle en désignant les projecteurs dirigés vers la façade.

– C'est vrai, répond Pablo, et d'après ce que j'ai entendu dire, le spectacle en vaut la peine.

Ils échangent un sourire et Agathe sent comme une décharge électrique lui traverser le corps, inattendue, intense, mais si fugace qu'elle ne pourrait jurer qu'elle a vraiment existé.

– Je dois vous laisser, dit alors le beau gitan. On se retrouve après le concert ?

Avec plaisir ! songe Agathe en le suivant du regard, alors qu'il se dirige vers le musée. Elle se retourne, cherche Emma des yeux et l'aperçoit à l'angle du Palais, près de l'escalier en colimaçon occupé pour l'heure par cinq enfants qui posent devant l'objectif de leur père. Elle part aussitôt la rejoindre en tâchant d'avoir l'air naturel alors que des centaines de papillons lui chatouillent le ventre et lui donnent envie de s'envoler.

La photo prise, les enfants redescendent les marches en courant et l'un d'eux, un tout-petit aux cheveux blonds et frisés, fonce droit sur Agathe qui ne peut retenir un cri. Le père attrape le gamin au vol, juste avant qu'il ne la heurte. Agathe ne bouge plus. Le petit ressemble tellement à Timéo qu'elle en a le souffle coupé. Elle revoit cet épisode affreux où il avait disparu, et puis le moment où elle avait raconté l'histoire à sa fille. La réaction de Flore, ou plutôt sa non-réaction, les avait tellement surpris, elle et Victor, qu'ils en avaient parlé pendant des jours. La voix d'Emma, qui veut lui montrer un étrange oiseau au bec long et pointu, l'arrache à ses pensées.

Ici, tout est magique. Les gargouilles, le temple hindou, la mosquée, et tous ces animaux du monde sculptés par ce drôle de facteur dont l'inspiration lui venait à la vue de simples cartes postales. Dans les dédales du Palais, on croise aussi bien le lion que la girafe, et chaque endroit, chaque recoin, est une nouvelle découverte. Le jour décline et les amies décident d'un commun accord de profiter de la dégustation de crozes-hermitage avant le concert.

Elles trinquent à leurs vacances et au *Baby* sans qui elles ne seraient sans doute pas parties. Agathe a les larmes aux yeux. Elle est heureuse, et les histoires de famille, soudain, lui semblent à des années-lumière de là. Emma tente une approche vers l'un des viticulteurs, un beau brun d'une trentaine d'années, et Agathe rit tout bas de l'entendre parler de vin et de cépages alors qu'elle n'y connaît strictement rien. Elle s'éloigne d'eux, son verre à la main, et s'avance d'une démarche nonchalante vers le musée. Quand elle voit Pablo en sortir, sa guitare à la main, les papillons, de nouveau, s'envolent et tourbillonnent dans son ventre. Pablo lui sourit quand ils se croisent. Il lui présente les musiciens qui l'accompagnent, Juan et Kenji. Ils ont tous les trois les yeux et les cheveux sombres et Agathe sourit intérieurement en se remémorant la frayeur d'Emma.

Les lumières des projecteurs, camaïeu de rouge, de bleu, de vert et de jaune, balaient l'orchestre ainsi que les hautes statues de pierre, et la musique tzigane emplit le cœur d'Agathe d'une mélodie si douce que les papillons ne s'arrêtent plus de danser. Plusieurs fois son regard croise celui de Pablo et Pablo ne détourne jamais le sien. La nuit tombe et bientôt Agathe ne distingue plus de lui qu'une silhouette à contre-jour. Agathe se laisse emporter par la magie de l'instant. Près d'elle, Emma ondule au rythme des guitares. Elles se regardent et se sourient. Agathe se sent si bien qu'elle aimerait que la musique ne s'arrête jamais.

Une soirée bien arrosée

Agathe a mal dormi. Et trop peu. Elle ouvre le robinet et l'eau arrive sans surprise à la sortie du tuyau posé dans le lavabo. Elle se frotte les mains très doucement, en évitant les gestes brusques pour ne pas faire empirer la douleur qui lui vrille le crâne. Elle se penche vers le miroir. Le néon projette sur son visage une lumière blafarde qui lui donne un teint cireux et accentue la profondeur de ses rides. Ses yeux sont aussi cernés qu'une manif de gilets jaunes et, comble de l'horreur, les traces noires qui s'étalent en dessous lui donnent l'air d'une actrice de film d'horreur. Elle regrette de n'avoir pas pris deux minutes avant de se coucher pour se démaquiller, mais il faut dire qu'avec Emma elles sont rentrées dans un tel état de fatigue qu'elles ont à peine trouvé la force de se brosser les dents avant de sombrer dans un sommeil sans fond.

Elles ont même dormi ensemble cette nuit, parce que ni l'une ni l'autre n'avaient eu la force de déplier le lit dînette et son matelas flambant neuf, bien plus lourd que le précédent. Agathe se souvient vaguement d'un rêve étrange, mais l'effort qu'elle fait pour le retrouver lui cogne si fort dans les tympans qu'elle abandonne bien vite l'idée.

Des bruits parviennent du dehors, d'enfants qui crient et de mères qui les rappellent à l'ordre. Agathe est heureuse de n'avoir plus à régler ce genre de problème, surtout un matin comme celui-ci. Elle avale le comprimé effervescent *antimal aux cheveux* d'un seul trait, en se bouchant le nez pour mieux en supporter le goût. L'envie de se recoucher la tente un instant, mais elle ne veut pas prendre le risque de réveiller son amie, même s'il est déjà plus de onze heures.

Cette fois-ci elle a pensé à enclencher la manette du gaz et l'eau chaude qui coule sur son corps lui fait du bien. Peu à peu, le mal de tête s'en va et la perspective de tout ce qui les attend encore aujourd'hui achève de la remettre d'aplomb. Elle se poudre le visage en fredonnant « *I've got the blues* » que Pablo avait chanté la veille au soir en remplaçant « *I've got* » par « *Agathe* », ce qu'elle aurait trouvé sans doute très drôle si elle n'avait pas été aussi troublée par la façon dont le beau gitan avait planté son regard dans le sien tout au long du morceau.

– Agathe, téléphone ! crie soudain Emma, dans la pièce d'à côté. C'est Victor, tu veux que je réponde ?

– Oui, si tu veux, répond la jeune retraitée en rangeant son fard à joues dans la trousse de maquillage. Dis-lui que j'arrive.

Emma est assise sur le lit, adossée contre la cloison, les jambes repliées sous les draps. Elle raconte à Victor à quel point elles se sont couchées tard et comment les musiciens les avaient embarquées dans une fête à laquelle elle n'avait, au départ, pas eu envie de participer. Elle ajoute qu'elle n'était pas très rassurée en les suivant vers leur aire de campement, *parce que tout de même, ces gens sont des gitans...*

– Mais Agathe te racontera ça beaucoup mieux que moi, ajoute-t-elle d'une voix éraillée par le tabac, je te la passe.

Victor n'est pas très content. Emma lui en a ou trop dit ou pas assez pour que la situation l'enchante. Il ne comprend pas qu'elles aient pu suivre de parfaits inconnus, des romanichels de surcroît, dans un lieu isolé. Agathe se retient d'exploser, voire de carrément raccrocher. Elle a envie de lui rappeler que c'est lui qui n'avait pas voulu venir et qu'il est très mal placé pour lui faire la morale. Mais elle se retient de toutes ses forces parce qu'elle sait pertinemment que ce n'est pas en le braquant qu'il aura envie de l'accompagner la prochaine fois.

La douleur revient s'installer à l'arrière de son crâne. Elle parle doucement pour ne pas l'amplifier, explique calmement à Victor de quelle manière les choses se sont déroulées, de leur arrivée sur le parking à la chance de pouvoir assister au concert, puis leur rencontre avec les femmes et les enfants des musiciens. Agathe se veut rassurante : elles n'étaient pas les seules à avoir été invitées à boire un verre, il y avait aussi la jeune fille de l'accueil et plusieurs de ceux qui travaillent habituellement au Palais du facteur Cheval ou simplement le temps des spectacles.

Au travers du combiné, Agathe entend son mari se racler la gorge. Encore tout à ses souvenirs de la veille, tout au moins à ceux qui émergent ce matin de cette soirée plus que festive, elle prête à peine garde aux paroles de Victor.

– Tu m'écoutes, Agathe ? l'entend-elle dire soudain.

Agathe sursaute. Elle a bien compris que son mari parlait de Flore mais lui avoue qu'elle n'a pas tout saisi. Victor n'a aucune envie de répéter et raccroche en lui disant qu'elle n'aura qu'à lui demander directement. « Si le sujet t'intéresse, bien sûr », avait-il ajouté d'un ton si mordant que la tête d'Agathe s'était remise à tambouriner de plus belle.

Bonne aventure

Jamais Agathe n'aurait dû leur dire qu'elle avait été infirmière. À peine a-t-elle posé le pied dehors, une tasse de café bouillant à la main, qu'on l'encercle de toutes parts. Les mères l'entraînent vers une table pliante entourée de chaises près d'une caravane grand format et flambant neuve. Elles lui disent de s'asseoir, poussent les enfants vers elle pour qu'ils lui montrent leurs bobos. Agathe examine chaque plaie, puis retourne dans le camping-car pour y récupérer sa trousse à pharmacie. Elle jette un œil en passant au Combi VW mais rien ne semble bouger à l'intérieur. Elle nettoie des écorchures, pose des sparadraps, affirme aux petits qu'ils seront vite guéris. Les mères lui parlent de leurs problèmes menstruels, de leurs maux de dos, de ventre, de cervicales, elles veulent savoir s'il y a quelque chose à faire contre les tendinites, la couperose, la cellulite. Agathe répond à chaque question qu'on lui pose du mieux qu'elle peut, avoue ses limites et leur rappelle gentiment qu'elle n'a jamais été médecin.

Une vieille au corps large et à la stature imposante s'approche du groupe qui s'est formé autour d'Agathe, une cigarette roulée au coin des lèvres. Comme la veille au soir, elle porte un fichu rouge sur la tête et d'énormes créoles aux oreilles. Les femmes se taisent aussitôt et s'écartent sur son passage. Celle qui était assise en face d'Agathe se lève pour lui laisser sa place. La bohémienne, dont le visage taillé à la serpe évoque celui d'une sorcière, pose son corps lourd et massif sur la chaise en plastique, arrange ses jupons autour d'elle avec suffisamment d'élégance pour que la chose se remarque. Plus personne ne dit rien, même les enfants se sont tus. La femme plante son regard sombre dans celui d'Agathe et lui demande de poser sa main gauche sur la table. Sa voix est feutrée et presque aussi rauque que celle d'un homme, encore plus que celle d'Emma.

Agathe n'a jamais souhaité connaître son avenir, ni de près ni de loin, mais le ton est sans équivoque et elle tend vers la bohémienne une main dont elle tente de réprimer les tremblements. La vieille s'en saisit fermement, tourne la paume vers le haut, la tend vers la lumière. Elle l'examine pendant de longues secondes sans dire un mot. Le temps semble suspendu, comme si la femme avait le pouvoir de le retenir en elle. Ses yeux ne sont plus que deux fentes noires. Agathe retient son souffle. Elle frissonne malgré la chaleur.

Un bébé pleure et la mère lui tend son sein pour qu'il se taise. On n'entend plus que les bruits de succion, avides, réguliers, ponctués parfois d'un soupir de soulagement. La diseuse de bonne aventure ne se laisse pas distraire. Son ongle long et verni de rouge écarlate trace des sillons, des courbes, suit les lignes droites qui brusquement se brisent pour repartir dans une autre direction.

– Je vois de grands changements dans ta vie, dit-elle enfin.

Agathe expire, reprend son souffle. Jusque-là, rien d'anormal. Elle se souvient d'avoir raconté son histoire de ticket gagnant la veille et tous ici doivent savoir qu'elle est à la retraite depuis peu.

– Tu vas devoir faire des choix importants, poursuit la gitane de sa voix caverneuse. Ton cœur sera torturé, à cause d'un homme.

L'image de Victor, la pioche à la main et le dos courbé, lui vient aussitôt à l'esprit. Par contre, Agathe est certaine de ne pas avoir parlé de lui, ni même d'avoir évoqué sa condition de femme mariée. La sorcière plante à nouveau son regard dans le sien, sans lui lâcher la main.

– Tes choix, bientôt, t'amèneront à la croisée des chemins. Prépare-toi à livrer un combat acharné contre toi-même.

Brusquement, la sorcière retire ses mains et de nouveau une onde glacée traverse Agathe et la fait frissonner. Elle voudrait en savoir plus, mais les questions restent coincées au fond de sa gorge. La femme ôte le mégot éteint depuis belle lurette du coin de sa bouche et l'envoie valser au loin, d'une chiquenaude. Elle se lève pesamment et repart comme elle était venue, sans un mot de plus, laissant Agathe dans un état d'hébétude et de profond désarroi. Autour d'elle, le mouvement revient peu à peu et elle essaie de se raccrocher aux bruits qui lui parviennent, lointains, feutrés. Elle tente de se lever mais elle retombe aussi lourdement que si ses fesses étaient lestées de plomb.

– T'inquiète pas, c'est normal, lui dit une jeune femme brune aux longs cheveux d'ébène en lui souriant d'un air compatissant. Ça fait toujours ça avec la sorcière. Pourtant elle dit jamais grand-chose.

C'est vrai, songe Agathe, elle n'a prononcé que quelques mots, quatre phrases en tout, que n'importe qui aurait pu piocher dans l'un de ces horoscopes à deux balles pour s'autoproclamer visionnaire, mais Agathe sait qu'elle ne pourra s'empêcher d'y penser chaque fois qu'elle aura une décision à prendre. Et son rêve de la nuit lui revient alors en mémoire. Elle dansait avec Pablo et elle se sentait si bien dans ses bras…

Trop, c'est trop !

Victor zappe d'une chaîne à une autre. Rien ne retient son attention plus de trois minutes mais il est à peine vingt heures trente, bien trop tôt pour aller se coucher, et le bruit de la télé a au moins le mérite d'apporter un peu de vie dans cette maison trop calme. Il n'a pas voulu rejoindre les potes pour une belote, Guy, Jojo, Vincent, Marcel et les autres, parce qu'il sait très bien comment ça se termine en général. Ça arrive sans qu'on s'en rende compte, on est dans l'ambiance, chacun tient à mettre la sienne et on finit par trébucher sur les mots, si on ne trébuche pas tout court…

Le problème, c'est qu'il y a une fête à Saint-Sulpice ce soir et que les flics y seront, *pour sûr*. Et Victor, pas plus que n'importe qui, n'a envie de perdre son permis. Il ne se voit pas, mais alors pas du tout, au volant d'un de ces pots de yaourts qui ne dépassent pas les quarante-cinq kilomètres-heure. Sans compter que le moindre impact écrase le conducteur avant qu'il n'ait eu le temps de dire « ouf ».

Il a lu un article là-dessus l'autre jour, dans un magazine automobile. Sur cinq voitures testées, la meilleure d'entre elles avait obtenu un score de deux sur dix... Et encore, les tests n'avaient rien à voir avec ceux qu'on fait sur une vraie bagnole.

En fait, on te retire ton permis parce qu'on te considère comme dangereux pour les autres et on t'oblige à mettre ta vie en danger chaque fois que tu bouges de chez toi. C'est un monde !

Victor hausse les épaules. « Complètement idiot comme raisonnement », poursuit-il, à voix haute cette fois-ci, et sa voix résonne à ses oreilles. Il réalise que ça lui arrive de plus en plus souvent de parler tout seul.

Samedi matin, c'est Mady qui l'avait surpris à râler après un clou qui s'était tordu alors qu'il essayait de fixer une nouvelle planche au poulailler. Le pire, c'est qu'il engueulait le morceau de métal comme s'il avait une personne en face de lui ! Au moins, ça avait eu le mérite de faire rire sa fille, elle qui avoue parler à son chat comme s'il comprenait tout. Mais Victor commence à s'inquiéter de ses propres monologues. Il a toujours eu peur de devenir sénile, de perdre la tête et de se mettre à raconter et à faire n'importe quoi. « Enfin... c'est plutôt Agathe qui fait n'importe quoi en ce moment », dit-il en marmonnant, de nouveau à voix haute et son bredouillage remplit le vide de la pièce.

Flore et les enfants sont rentrés chez eux tout à l'heure et Victor ne sait pas s'il est content pour eux ou soulagé de ne plus les entendre s'agiter dans tous les sens. Il dresse l'oreille en entendant le grincement si particulier de la porte d'entrée et se lève pour rejoindre Jonathan dans la cuisine. Comme il s'y attendait, son fils a la tête dans le frigo, à la recherche d'un truc à grignoter.

– J'ai fait de la salade de riz, si tu veux.

– Encore ? répond Jonathan en se tournant vers son père. T'en as pas marre de manger toujours la même chose ?

– Non, j'en ai pas marre. Et si ça ne te plaît pas, t'as qu'à te faire autre chose ou manger ailleurs !

Victor serre les poings de toutes ses forces, pour ne pas lui coller une droite.

– C'est pas marqué « *Hôtel-Restaurant* » devant la porte, à ce que je sache, poursuit-il d'une voix sourde et retenue, bien plus terrifiante pour ceux qui le connaissent que lorsqu'il crie. Et toi, t'en as pas marre de nous prendre pour des cons ?

Jonathan déglutit. Il aimerait pouvoir revenir en arrière de quelques minutes et sortir la salade du frigo en remerciant le *padre* de lui en avoir laissé. Il sait très bien qu'il vit chez ses parents comme un coq en pâte, sans avoir à gérer comme ses frangines des histoires de factures, de courses, de repas, d'aspi à passer et de vaisselles à faire. Sa mère surtout ne lui demande pas grand-chose, à part de sortir la poubelle de temps en temps ou de s'occuper lui-même de son linge.

– Et ta pension, tu comptes la payer quand ? reprend Victor qui sent la colère monter en lui *crescendo* sans qu'il puisse la contrôler.

Ses poings sont si serrés que les jointures de ses mains en deviennent blanches. Ses yeux verts luisent et lancent des éclairs, et Jonathan commence à craindre le pire. Jamais il n'avait senti chez son père une telle tension. Il sort de la poche de son jean une liasse de billets qu'il tend à Victor en baissant le regard.

– Désolé pour le retard, dit-il. Il n'y a pas le compte mais je te donnerai le reste demain, sans faute… Et pardon pour la salade de riz, ajoute-t-il en pinçant les lèvres furtivement, exactement comme Agathe le fait quand elle ne sait plus quoi dire.

La colère de Victor retombe aussi soudainement qu'elle était apparue. Il desserre les poings. Il ne sait pas ce qui lui a pris. Il se sent con tout d'un coup. D'une main légèrement tremblante, il prend les billets de la main de Jonathan, les pose sur le plan de travail, très vite, comme s'ils lui brûlaient les doigts. Il propose un verre de rouge à son fils, s'en sert un aussi. L'orage est passé. Jonathan respire.

– Tu as des nouvelles de maman ? demande le jeune homme en levant son verre pour le cogner contre celui de Victor. Elle rentre toujours demain ?

– Oui, bien sûr, Emma reprend le boulot lundi matin.

Victor baisse les yeux pour que Jonathan ne remarque pas que la colère s'y ranime, parce qu'il sait que sa femme n'en restera pas là et qu'à peine arrivée elle aura envie de repartir. Et il a beau se répéter que c'est un peu de sa faute si Agathe rêve à ce point-là de voyages, il n'arrive pas à se faire à l'idée de passer plusieurs jours dans ce camping-car trop petit, trop étroit, avec le deuxième lit qu'il lui faudra déplier et replier sans cesse.

Il avale son verre de rouge d'un trait. L'alcool lui chauffe le ventre et une idée jaillit, si évidente qu'il se demande comment il a pu ne pas y penser avant. Il suffit de trouver un véhicule beaucoup plus grand !

– Je sais ce que je vais faire, dit-il à son fils, et un large sourire illumine son visage.

Baby alone

Les jours suivants, Victor et son fils ne parlent que de leur projet chaque fois qu'ils se croisent, le matin avant que Jonathan parte au boulot, le soir s'il ne rentre pas trop tard, à condition bien sûr qu'Agathe ne traîne pas dans le coin. Ils échafaudent les plans, échangent leurs idées, complices comme ils ne l'ont jamais été. Alors qu'ils évoquent une nouvelle fois la question de l'isolation, la porte de la cuisine s'ouvre à la volée. Victor sursaute, interrompt sa phrase en plein vol, jette un œil affolé à Jonathan. Sur le seuil, Agathe marque un temps d'arrêt, les regarde tour à tour.

– Vous parliez de quoi ? leur demande-t-elle.

– On a décidé de retaper la vieille commode, tu sais, celle qui traîne dans le garage depuis *mamy Zalem*, répond Jonathan, plus prompt à réagir que son père. C'est une bonne idée, tu ne trouves pas ?

Agathe fronce les sourcils. L'explication sonne faux, mais elle sait pertinemment qu'ils ne lui en diront pas plus. Depuis qu'elle est revenue de ses vacances dans la Drôme, la semaine dernière, ce n'est pas la première fois qu'ils lui font le coup et elle aimerait parfois pouvoir se changer en araignée et se planquer dans un coin de la pièce pour savoir ce qu'ils lui cachent. À condition, bien entendu, que la bestiole soit munie d'un système auditif, ce dont elle doute à présent…

Sans s'étendre plus longtemps sur cette histoire de commode, Victor lui propose un café tandis que Jonathan s'éclipse en disant qu'il est temps pour lui d'y aller. Agathe avale le liquide noir et sans sucre par petites gorgées. Comme tous les matins, Victor est allé chercher du pain frais, mais l'idée même de manger lui révulse l'estomac. Elle se sent morose, comme si une chape de misère lui plombait les épaules, alors qu'elle aurait toutes les raisons du monde d'être heureuse. Il fait chaud et le soleil est au rendez-vous. Avec Emma, elles ont passé des vacances géniales ! Et tous les jours elle se lève quand elle veut et peut bouquiner des heures si elle en a envie. Elle a le temps, de faire du shopping, d'aller se baigner, de retrouver l'une ou l'autre de ses amies pour boire un verre en ville. Parfois, elle s'installe seule à une terrasse, elle regarde les gens passer et alors des fourmis montent dans ses jambes et elle a envie de se lever et de repartir vers des endroits qu'elle ne connaît pas.

– Tu as des nouvelles de Flore ? lui demande Victor.

– Non, pas depuis avant-hier, répond-elle en se resservant un café.

– Et ça ne t'inquiète pas ?

– Pas vraiment, non. Tu sais, Vic, tous les couples traversent des difficultés de temps à autre. Alors tant que Flore ne vient pas sonner de nouveau à la porte, je ne vois aucune raison de m'inquiéter.

Victor ne répond pas. Agathe a changé et ce changement le turlupine encore plus que les histoires de couple de leur fille. Avant, elle aurait été pendue des heures au téléphone, elle n'aurait pas raccroché au bout de dix minutes en disant à Flore qu'elle avait des trucs à faire. Le pire, c'est que sa femme avait paru soulagée en apprenant que leur aînée ne prendrait sans doute pas le camping-car au mois d'août. Victor jette un œil à la vieille pendule en céramique dont Agathe, il le sait, se débarrasserait bien volontiers. Mais il tient à ce vestige d'un autre temps où sa mère préparait de la purée aux orties quand il ne restait plus assez d'argent pour acheter de la viande.

– Je vais y aller, moi aussi, dit-il en se levant. M'attends pas pour le repas, je resterai manger là-bas.

Il se lève, secoue par la fenêtre les miettes restées sur son assiette. Agathe est surprise.

– Là-bas ? demande-t-elle en haussant les sourcils.

– Mais enfin, Agathe, je t'en ai parlé hier. Je vais chez Vincent pour l'aider à rentrer son bois pour l'hiver.

Agathe s'en souvient vaguement. Mais il faut dire qu'elle déconnecte assez souvent en ce moment. Elle regarde son mari franchir la porte-fenêtre et ne peut s'empêcher de se demander, une fois de plus, quelle est sa place à lui à cette fameuse croisée des chemins évoquée par la diseuse de bonne aventure. Sa tasse de café à la main, elle accompagne Victor jusque dans la cour. Elle agite le bras quand il tourne à droite après le portail et s'approche alors de son cher *Baby* qui, le nez tourné vers l'avant, attend patiemment le moment de repartir pour de nouvelles aventures. Une vague de tristesse l'envahit, plus forte encore que la précédente. Elle effleure délicatement la carrosserie du bout des doigts, comme on caresse la tête d'un chaton fragile, lui promet à voix basse de ne pas le laisser seul trop longtemps.

Elle se sent ridicule, tout d'un coup, et retourne vers la terrasse en haussant les épaules. D'une main légèrement tremblante, elle allume une cigarette et en aspire une longue bouffée. Elle s'est remise à fumer pour de bon, comme ça, bêtement, mais elle serait incapable de dire si c'est par plaisir ou *pour se calmer les nerfs*. Elle souffle la fumée en faisant un rond avec sa bouche, suit du regard la traînée blanche et grise qui se dissout lentement dans l'espace, légère et aérienne. Et le souvenir des yeux sombres de la gitane plantés dans les siens, *comme s'ils étaient à la recherche de choses qu'elle-même ignorait alors*, jaillit dans les volutes plus sombres et lui masque un instant le bleu du ciel. Elle aimerait parfois rembobiner le magnéto et n'avoir jamais mis les pieds dans ce campement manouche. Depuis, l'intérieur de sa tête s'agite dans tous les sens comme le tambour d'une vieille machine à laver.

Elle écrase sa cigarette, presque avec rage, et tente de faire appel à toute la rationalité dont elle est capable pour transformer la vieille sorcière en simple bohémienne avide de reconnaissance et prête à raconter n'importe quoi pour soutirer la pièce à de pauvres passants naïfs. Mais c'est peine perdue. C'est comme si son monde d'avant, tout simple, s'était transformé en quelque chose d'étrange et de compliqué.

Pour retrouver la sérénité, Agathe ne sait plus s'il lui faut abandonner son envie de vacances au long cours et rester peinarde à la maison aux côtés d'un mari qui, malheureusement, n'a pas l'air d'avoir très envie de la suivre dans de nouvelles aventures, ou au contraire s'obstiner à vouloir vivre ses rêves qui, de plus en plus souvent, la ramènent quelques jours en arrière… Et les yeux de Pablo se substituent à ceux de la vieille, et Agathe, bêtement, rallume une autre cigarette.

Et pourquoi pas ?

Agathe bouillonne en regardant Victor qui continue à manger comme si de rien n'était. Elle repose ses couverts près de son assiette encore pleine en les cognant très fort contre la table pour attirer son attention.

– Je te savais têtu, mais à ce point-là, ça dépasse l'entendement !

Victor ne répond pas. Il mastique, avale, recharge sa fourchette de spaghettis à la bolognaise, les tourne dans sa cuillère à soupe, ouvre la bouche pour accueillir le nouveau convoi. Ses mandibules écrasent, compressent, décomposent, indifférentes, semble-t-il, à la colère de sa femme.

– Ça fait trois semaines que je suis revenue, Victor, trois semaines que tu me sors toujours les mêmes excuses pourries !

Victor s'arrête un instant de manger. Il regarde Agathe dont les joues rouges et le regard brillant ne laissent planer aucun doute, et replonge la tête dans son assiette. Agathe tape du poing sur la table.

– Non, mais tu as vu l'état de ton jardin ? Ne me dis pas que c'est pour quelques légumes qui se battent en duel qu'on reste là ! Et je ne te demande pas de partir tout un mois, juste quelques jours de temps en temps. C'est n'importe quoi, Vic ! On est toujours partis en vacances l'été et c'est bien la première fois que je t'entends dire que tu détestes te mêler à la foule des vacanciers !

Victor fronce les sourcils et se remet à manger, toujours aussi muet qu'une carpe Koï.

– Je ne te comprends plus, Victor, enchaîne Agathe. Tu as pourtant changé le second matelas pour un autre, et j'avais cru comprendre que tu ne faisais pas ça uniquement pour Emma. Enfin, quand même, on en a souvent parlé, de s'acheter un camping-car une fois qu'on serait tous les deux à la retraite, non ?

Victor relève la tête.

– Nuance, Agathe. TU en parlais, et on savait tous les deux que ça n'avait aucun sens. C'était juste comme ça, histoire de causer.

Histoire de causer ? Tous ces projets qu'ils échafaudaient, fignolaient, dont ils étiraient toujours plus les contours, ça n'avait aucun sens ? Tous ces lieux qu'ils rêvaient de visiter, ça n'avait aucun sens ? Toutes ces idées partagées, épaule contre épaule et le sourire aux lèvres, en pointant du doigt des lieux sur une carte, c'était juste *histoire de causer* ?

– Dis, Agathe, reprend Victor, tu veux pas me lâcher cinq minutes avec tes histoires de camping-car ?

Agathe manque de s'étouffer en avalant une gorgée d'eau. *Alors ça, c'est fort en chocolat !* Et le pire, c'est que Victor continue à mastiquer comme si la conversation était close et sans importance. Une berceuse que sa mère lui chantait le soir pour qu'elle arrête de penser à tous les monstres tapis sous le lit ou derrière les rideaux en cotonnade blanche qui la nuit masquaient le noir du dehors, lui revient alors en mémoire.

Dors, mon enfant, dors, dehors il fait si froid...

Non, maman, c'est dedans qu'il fait froid. C'est à l'intérieur qu'il fait noir, pire que dans un four, c'est presque aussi terrifiant que dans mes pires cauchemars d'enfance.

Agathe n'en revient pas. Comment son mari a-t-il pu lui jouer pareille comédie pendant toutes ces années, lui qui avait passé sa vie sur les routes, étalant comme une confiture de mûres sauvages sur du pain frais et beurré les détails de ses voyages, la faisant chaque fois saliver davantage ? Combien de fois ne l'avait-elle pas entendu lui répéter que lorsqu'ils seraient tous les deux à la retraite, ils auraient enfin le temps de vadrouiller aux quatre coins de la France, qu'ils visiteraient l'Espagne, la Grèce, l'Italie et tout un tas d'autres pays ?

Agathe ne voit qu'une explication possible : son mari a pris un coup de vieux. Cette constatation l'emplit d'un tel désarroi qu'elle ne trouve rien à lui répondre. Mais presque aussitôt la colère remonte, puissante, prête à démolir tout ce qui ferait obstacle à cette nouvelle vie qu'Agathe désire plus que tout, elle en est certaine à présent. Elle se lève et repousse sa chaise qui tombe dans un fracas épouvantable.

Victor la regarde, les yeux agrandis par l'étonnement. C'est bien la première fois qu'il voit sa femme s'emporter de la sorte. Agathe pose les mains sur la table et le regarde droit dans les yeux.

– Si tu ne veux pas venir, j'irai seule.

Victor se contente une nouvelle fois de jouer à la carpe Koï, mais le vague sourire qu'il esquisse énerve encore plus son épouse.

– Tu ne me crois pas ?

Victor attrape son verre de vin et prend le temps d'en avaler une gorgée avant de lui répondre :

– Pas une seconde. Ou alors t'auras vite fait de faire demi-tour.

Agathe quitte la cuisine en abandonnant ses bolognaises refroidies depuis belle lurette et sans prendre la peine de ramasser la chaise. Elle attrape ses clefs de voiture, posées sur la commode en chêne, et claque la porte en sortant. Ses mains tremblent si fort qu'elle est obligée de s'y reprendre à deux fois pour démarrer. Elle tourne à gauche au bout de la rue, dépasse le panneau indiquant la fin de Saint-Sulpice-le-Guéretois et poursuit, pied au plancher, en direction de *n'importe où mais le plus loin possible d'ici.*

Elle tape sur le volant plusieurs fois. Elle s'en veut d'avoir lâché cette phrase stupide. Évidemment qu'elle ne s'imagine pas une seconde seule sur les routes, elle n'y avait même jamais songé. Les larmes lui montent aux yeux et elle a de plus en plus de mal à distinguer la ligne continue. Elle freine pour se ranger sur le bas-côté, coupe le moteur et s'effondre sur le volant, les épaules secouées de spasmes incontrôlables, l'estomac en compote et le cœur au bord des lèvres. Son nez coule. Elle a mal au ventre.

Dors, mon enfant, dors, dehors il fait si froid... Elle se mouche bruyamment puis se concentre sur sa respiration, comme elle a appris à le faire pendant les séances de yoga. Petit à petit, le calme revient. Elle redresse la tête, oriente le rétroviseur vers elle. Agathe se regarde dans les yeux, gravement.

– Et puis après tout, pourquoi pas ? se dit-elle alors à haute voix.

Un choix difficile

Emma fixe Agathe, d'abord incrédule, mais très vite un grand sourire se dessine sur son visage.

– Alors là, ma vieille, dit-elle en soulevant légèrement ses lunettes de soleil posées au sommet de son crâne, je te tire mon chapeau !

– Merci, répond Agathe, un vague sourire aux lèvres. Mais je me demande si je ne suis pas en train de faire une énorme connerie.

Elle triture ses mains, fronce les sourcils et deux rides verticales apparaissent entre ses yeux qui ont viré à la couleur de la châtaigne, comme chaque fois que quelque chose la tracasse. Elle marche d'un bout à l'autre de la cuisine, se ressert un verre d'eau, arrange en passant un bouquet de roses blanches fraîchement cueillies dans le jardin, ramène une mèche de cheveux derrière son oreille.

– C'est peut-être Flore qui a raison, après tout, quand elle me dit que je suis irresponsable, inconsciente, égoïste…

– Si je peux me permettre, la coupe Emma, qui peine à contenir sa colère, ta fille ferait mieux de s'occuper de ses fesses ! Elle se prend pour qui pour te juger ?

– Oh, tu sais, elle ne va pas très bien en ce moment. Ça ne s'arrange pas, avec Rodolphe. Ils s'engueulent sans arrêt et Rodolphe a beau lui répéter que c'est fini avec « l'autre », ma fille ne le croit pas.

Agathe soupire.

– Heureusement que les petits sont en colo en ce moment…

Elle se tourne vers la fenêtre pour qu'Emma ne remarque pas les larmes qui lui montent aux yeux quand elle ajoute que Flore risque à tout moment de débarquer chez eux et qu'elle ne sera même pas là pour l'accueillir.

– Peut-être que ce qui arrive à ta fille n'est pas très facile, mais ce n'est pas une raison pour qu'elle s'en prenne à toi ! rétorque Emma. Et Victor, il en pense quoi ?

– De Flore ?

– Mais non, de toi. Du fait que tu t'en ailles sans lui.

– Très bonne question, merci de l'avoir posée !

Le visage d'Agathe s'assombrit plus encore. Les rides, entre ses yeux, s'approfondissent.

– Je ne sais pas au juste, poursuit-elle. Il ne dit rien. À mon avis, il est toujours persuadé que je ferai demi-tour au premier rond-point, mais en même temps je le soupçonne d'être inquiet que je tienne bon. Ce qui est sûr, c'est que je le mets dans une situation pour le moins incongrue. Non, mais tu imagines, Emma ? Plus de quarante ans qu'on est mariés et d'un coup je décide de me payer des vacances en solitaire, pile au moment où on pourrait passer plus de temps ensemble.

Emma s'approche d'Agathe et pose la main sur son bras.

– Et toi, tu veux quoi ? demande-t-elle en plantant ses yeux gris presque translucides dans ceux d'Agathe.

– Tu le sais très bien, répond cette dernière en haussant les épaules.

Sa voix se brise. Elle baisse la tête.

– J'y ai cru jusqu'au bout, tu sais, poursuit-elle. Que Victor changerait d'avis, qu'il viendrait avec moi. Je m'étais imaginé qu'il m'aimait suffisamment pour lâcher son potager, sa cabane à poules et tout le reste.

Emma a envie de dire à son amie de se secouer, de penser un peu à elle au lieu de toujours penser aux autres, d'arrêter de compter sur un homme pour aller de l'avant, comme elle-même l'a toujours fait, mais elle se tait, consciente qu'Agathe a encore du chemin à faire avant d'y arriver. *Si elle y arrive un jour…*

– Et puis, c'est de la pure folie de partir seule, reprend la jeune retraitée. Tu ne crois pas ?

– Je te prête Dingo si tu veux, répond son amie pour détendre l'atmosphère.

Sa proposition arrache un sourire à Agathe, sans pour autant effacer les plis d'inquiétude qui creusent toujours des sillons sur son front.

– Je te rappelle que toi aussi tu as eu la trouille, l'autre fois, au Palais du Facteur Cheval.

Emma veut bien reconnaître que son amie a raison, mais qu'à force d'habitude, elle est devenue beaucoup plus peureuse chaque fois qu'elle se retrouve sans son chien.

– Par contre, ma louloute, ajoute-t-elle, tu devrais être plus prudente quand même et ne pas sympathiser avec le premier inconnu qui passe sous prétexte qu'il a de beaux yeux. Et puis, évite de stationner n'importe où la nuit. Et si tu ne veux pas aller tous les soirs au camping, ou sur une aire payante, tu sais qu'il y a des paysans qui accueillent les camping-caristes sur leur terrain à moindre coût ? J'ai vu ça sur un site, je t'enverrai le lien si tu veux.

– Oui, maman. D'accord maman, répond Agathe en souriant franchement cette fois-ci. C'est marrant, on dirait que vous vous êtes tous mis en tête de me faire retomber en enfance. *Fais ci, fais pas ça, fais attention, ne parle pas à n'importe qui, et cetera, et cetera.* Mes filles ont même eu le culot de me rappeler qu'on ne répond pas au téléphone en conduisant et qu'elles ne seront pas fâchées si je ne les rappelle pas dans les secondes qui suivent.

Emma rit, mais elle imagine à quel point Agathe doit en avoir marre. Elle la regarde se diriger vers le plan de travail, le dos droit et la stature toujours fière. Agathe ouvre le tiroir qui se trouve juste sous celui des couverts, le deuxième en partant du haut, cet endroit étrange où cohabitent depuis des décennies les fèves de la galette des Rois, les bougies d'anniversaire, les Pères Noël qu'on plante dans la bûche et qu'on ne se décide jamais à jeter parce qu'on s'imagine toujours que l'an prochain, on la fera maison, la bûche. Elle en sort un petit carnet à spirales sur lequel sont inscrites toutes les choses à ne pas oublier, et demande à Emma d'y jeter un œil :

– Tu ne m'avais pas dit que tu comptais descendre dans le Sud ? remarque Emma après en avoir pris connaissance.

– Si, pourquoi ?

– Et tu ne prends pas de crème solaire ?

Agathe n'y avait pas pensé, comme elle avait oublié aussi de noter l'indispensable coupe-ongles, mais rappelle à son amie qu'elle ne part pas en plein désert et qu'elle pourra toujours acheter ce qui lui manque. Emma trouve que trois paires de chaussures, ça fait vraiment *cheap*, et qu'elle-même serait malheureuse si elle devait se contenter de si peu.

Agathe sourit. L'enthousiasme de son amie lui redonne de l'énergie. Elle a fait le bon choix, c'est évident, et Victor peut bien s'accrocher à son lopin de terre comme une moule à son rocher, elle ira jusqu'au bout. Mais l'instant d'après le doute revient, perfide et tenace. Les paroles de la bohémienne tournent en boucle dans sa tête. Elle se voit peiner sur un chemin escarpé, défaillir, tomber, ne pas se relever et attendre là le passage d'un bon Samaritain.

Un drôle de zèbre

Agathe tremble. Un courant d'air glacé remonte le long de sa colonne vertébrale. Des gouttes qui n'ont rien à voir avec la chaleur du dehors perlent à son front, mouillent ses aisselles, s'attachent à ses vêtements. Pourtant tout avait si bien commencé, ce matin, hormis les cinquante premiers kilomètres où elle avait failli plus d'une fois faire demi-tour. D'abord parce que conduire seule cet énorme engin ne la rassurait pas franchement au début, mais aussi parce que, elle est bien forcée de l'admettre, la famille, Emma et quelques amis lui manquent déjà, *surtout en ce moment…*

Elle essuie la sueur sur son front, d'un geste discret, pour que l'homme assis sur le siège passager ne s'aperçoive pas de la peur panique qui s'est emparée d'elle. Elle ne sait pas ce qui lui a pris de s'être arrêtée tout à l'heure. Elle s'en veut terriblement. Ses filles, pourtant, lui avaient répété à plusieurs reprises de ne pas prendre d'auto-stoppeur, *et surtout pas un mec*, avaient-elles précisé. Mais ce que Flore et Amandine oublient parfois, c'est qu'Agathe a toujours eu du mal à écouter le bon sens plutôt que son bon cœur et elle mettrait sa main à couper qu'elles auraient toutes deux fait pareil à sa place en voyant cet homme en costume marron agiter son bidon d'essence comme un pauvre malheureux sur le bord de la route, à côté d'une voiture arrêtée...

Elle n'ose plus tourner la tête dans sa direction. Avec son visage aux traits anguleux et son corps long et maigre, il lui fait penser à l'un de ces croque-morts tout droit sorti d'une bande dessinée de Lucky Luke. Son sourire dévoile des dents mal plantées et ses incisives qui se chevauchent lui donnent un air carnassier qui met Agathe de plus en plus mal à l'aise. Déjà elle imagine les gros titres dans les journaux et des larmes lui montent aux yeux. Elle pense à tous ceux qu'elle laissera derrière elle et qui sans doute la pleureront, et à tous ces autres, illustres inconnus sans état d'âme, qui ricaneront en disant qu'elle l'avait bien cherché, cette pauvre vieille qui aurait mieux fait de rester tranquillement chez elle.

De nouveau, l'homme sort de sa mallette un couteau à la lame longue et effilée, à peine plus petit que le précédent.

– Magnifique, n'est-ce pas, dit-il de sa voix grave et comme sortie d'outre-tombe. Celui-ci est parfait pour tailler des tranches très fines, poursuit-il, les yeux brillants et le visage exalté. Dans un bon jambon, par exemple.

Il caresse la lame, perpendiculairement au fil, pour ne pas se couper, invite Agathe à en admirer le tranchant, dans l'attente sans doute d'un commentaire de sa part. Il sourit et l'éclat de ses dents de loup arrache de nouveaux frissons à la jeune retraitée. Elle est tétanisée. Mais la vie ne se rembobine pas, jamais. Elle rassemble son courage, réunit ce qui lui reste de forces pour ne pas défaillir, se racle la gorge et jette un œil furtif au couteau.

– Oui, très beau, dit-elle d'une voix qu'elle tente de rendre ferme.

L'homme flatte encore un instant le manche en ébène puis le range, enfin, dans sa mallette. Agathe respire. Mais le répit est de courte durée. Déjà l'homme brandit un autre objet, bien plus inquiétant encore qu'un couteau, un couperet !

– Celui-ci, ma petite dame, est l'instrument idéal pour trancher le cou des volailles, reprend-il de sa voix sombre et inquiétante.

Agathe déglutit. Malgré la peur qui lui cisaille le ventre comme si les lames, l'une après l'autre, y farfouillaient déjà, tranchaient, coupaient, disséquaient, elle invente pour son passager une histoire de mari faisant la sieste à l'arrière du véhicule mais qui pourrait se réveiller à n'importe quel instant.

L'homme, soudain, rabat le couvercle de sa mallette d'un claquement sec. Agathe ne quitte pas la route des yeux, soulagée de voir la pancarte indiquant une station-service à moins de deux kilomètres. Sur les genoux de l'homme, la mallette est toujours close. Il sourit à présent, d'une façon presque chaleureuse, remercie Agathe de l'avoir si gentiment dépanné.

– Vous passerez le bonjour à votre mari, dit-il en indiquant du menton l'arrière du véhicule.

Sorti de ses couteaux, il n'a pas l'air si dangereux que ça, le type, songe Agathe en s'arrêtant près des pompes, mais elle respire tout de même en le regardant descendre, son bidon dans une main et sa fichue mallette dans l'autre. Elle verrouille les portes de l'intérieur, *parce qu'on ne sait jamais*, débraye, passe la première et appuie sur l'accélérateur. Elle soupire en voyant, dans son rétroviseur, cet étrange et inquiétant personnage pousser la porte de la station-service. Elle tourne deux fois à droite, puis une fois à gauche et se range sur le bas-côté.

Les jambes encore flageolantes, elle jette un œil dans le rétroviseur. À l'aide d'une serviette de toilette qu'elle garde à portée de main, elle s'essuie longuement le front, la nuque, le cou. Ses cheveux sont trempés. Elle les frotte énergiquement et ce geste familier lui permet de retrouver un semblant de calme.

Elle tend la main pour programmer sa nouvelle destination sur le GPS et redémarre calmement. Elle monte le son alors que passe *Walk of Life*, un de ses morceaux préférés de Dire Straits. Les bracelets de pacotille aux couleurs de l'arc-en-ciel s'entrechoquent et leur cliquetis achève de lui redonner le moral.

La journée est magnifique. Les champs de lavande, les oliviers, les maisons provençales et les hectares de vignes se succèdent au rythme des kilomètres. Agathe sourit puis se met à rire franchement. Elle se traite d'imbécile. Elle chante à tue-tête pour accompagner la musique, évacue à grand renfort de cordes vocales poussées à leur paroxysme sa frayeur rétrospective, et, semble-t-il, complètement injustifiée. Elle hésite un moment à s'arrêter pour appeler Emma mais se ravise. Non, elle ne lui racontera pas son histoire d'auto-stoppeur, pas plus à elle qu'aux autres. Inutile de les inquiéter alors qu'elle sait pertinemment que cette expérience lui aura servi de leçon.

La balade d'Agathe

À force d'enfoncer la pédale d'accélérateur, Agathe commence à ressentir des élancements dans la cuisse. Elle a fait peu d'arrêts depuis son départ de Saint-Sulpice-le-Guérétois. Son ventre grogne et elle décide de s'octroyer une pause du côté de Villeperdrix. Elle repère un parking quasiment désert et à son grand soulagement, la manœuvre ne nécessite pas de créneau pour se garer, manœuvre qu'elle redoute d'avoir à faire à un moment ou à un autre.

D'ailleurs, c'est Victor qui avait pris le volant pour sortir le camping-car de la cour ce matin. Le cœur d'Agathe s'était mis à battre, très vite. Elle s'était imaginée alors qu'il allait lui dire – tout sourire – qu'il l'avait bien eue – *pour sûr !* – et qu'il n'avait jamais eu l'intention de la laisser partir seule. Elle le voyait déjà foncer vers la maison pour y attraper une valise qu'il aurait préparée en secret dans le but de lui faire la vanne la plus pourrie de tous les temps. Mais Victor s'était contenté de la regarder s'éloigner. Elle l'avait vu dans son rétro qui agitait toujours le bras alors qu'elle prenait le virage au bout de la rue. Il souriait d'un sourire qu'Agathe avait senti triste et elle avait été tentée un moment de rebrousser chemin.

Moteur et poste coupés, Agathe attrape sur le siège passager son sac en toile épaisse, aux couleurs aussi vives que l'enfilade de bracelets qu'elle porte au bras. Ils étaient dans la même boîte au fond du placard aux vieilleries, souvenir d'une époque où elle aimait jouer les hippies. La grande poche en toile multicolore munie d'un ingénieux système de brides coulissantes lui sert à la fois de sac à main et de sac de randonnée.

Elle descend faire quelques pas, s'étire, bâille doucement pour ne pas briser le silence de cet endroit du bout du monde, au pied du piton rocheux de Saint-May sur lequel, elle l'a lu sur Internet, vivent encore quelques vautours qui ne manquent pas d'attirer toute l'année curieux et photographes animaliers. À l'aide de son portable, Agathe prend elle aussi quelques photos de ce beau paysage et les poste aussitôt sur le groupe WhatsApp joliment nommé « La balade d'Agathe » par Mady, et dont Emma et les autres membres de la famille font partie.

Seul son mari n'y a pas accès, pour la simple raison qu'il préfère garder son téléphone ancestral à touches, sur lesquelles il faut appuyer une fois pour écrire un *a*, deux fois pour le *b*, et ainsi de suite, plutôt que de céder à la modernité. Et comme il le dit souvent : « Un téléphone, ça sert à téléphoner, non ? » Ce en quoi Agathe ne lui donne pas tort, mais enfin, *pouvoir s'envoyer des photos c'est quand même pas mal comme truc, non* ?

Elle remonte dans son véhicule par la porte latérale, et ressent comme à chaque fois le même picotement de plaisir au creux du ventre. Elle aime son odeur, mélange d'eucalyptus et de savon de Marseille avec lequel elle a soigneusement frotté les banquettes et les coussins. Les rideaux, d'un blanc immaculé, sont tirés et apportent une douce fraîcheur à l'ensemble. C'est vrai, c'est tout petit, comme son mari n'a pas manqué de le souligner à plusieurs reprises, mais Agathe aime cette étroitesse dans laquelle elle se sent autant en sécurité que l'oisillon dans son nid. *Sauf, évidemment, lorsqu'elle charrie de drôles de personnages.*

Elle sort du petit frigo la délicieuse salade de riz que Victor a préparée aux aurores. Il y a mélangé du poulet froid, de l'estragon, des tomates et même des petits cubes de fromage de chèvre. À la maison, c'est souvent lui qui cuisine. C'est comme le jardinage, ça l'a pris comme un coup de pied aux fesses au moment de la retraite, et Agathe ne sait pas si c'est par réelle passion ou juste pour passer le temps. Elle s'essuie la bouche, avale une gorgée d'eau à même la bouteille restée au frais le temps du trajet et pousse un long soupir.

Non, décidément, elle a bien du mal à admettre que son mari puisse se contenter d'une vie aussi étriquée alors que le monde est si vaste. Elle le revoit s'en aller, le sourire aux lèvres, au volant de son *Gros lourd* décoré comme un sapin de Noël, semaine après semaine, mois après mois, année après année, et elle imagine fort bien qu'il doit regretter aujourd'hui de lui avoir décrit, à chacun de ses retours, des paysages si hauts en couleur que l'envie d'y goûter à son tour ne pouvait que la séduire.

Son portable sonne deux fois, coup sur coup, et deux nouveaux messages apparaissent sur « La balade d'Agathe ». Le premier, de Jonathan, est juste le dessin d'un pouce levé et rien d'autre, et le second vient de Mady, qui se contente, elle, d'un *smiley* au sourire de camembert entamé. *Ainsi va le monde d'aujourd'hui*, songe Agathe en renvoyant à son tour le *smiley* qui porte des lunettes de soleil, plus besoin de phrases ni même de mots, une *émoticône* suffit.

Road-trip

L'ambiance est à la fête, les verres s'entrechoquent. La jeune femme aux cheveux noirs mi-longs demande à Agathe ce qu'elle veut boire. C'est elle qui l'a interpellée tout à l'heure, comme elle revenait d'une promenade dans les rues de Sisteron, et la jeune retraitée se félicite d'avoir choisi de stationner sur l'aire pour camping-caristes alors qu'elle n'a besoin ni de vider les eaux grises, ni de remplir son réservoir d'eau potable. Elle opte pour un verre de rosé tiré du cubi, et remercie Sophie, son hôtesse improvisée.

– Alors comme ça, Agathe, toi aussi tu vadrouilles seule ? lui demande-t-elle en cognant son verre contre le sien, aussitôt imitée par le reste de la tablée. Comme moi !

Un peu étonnée par ce tutoiement alors qu'elles ne se connaissent que depuis quelques minutes, Agathe a tout juste le temps de lui répondre par l'affirmative que déjà un autre, assis au bout de la table, lui demande depuis quand elle voyage. Agathe lui répond que c'est sa première journée et tous s'empressent alors de lever leur verre à son *road-trip* tout beau tout neuf. Ici tout le monde se tutoie. Agathe avale une gorgée de rosé et l'alcool lui chauffe le ventre. Elle commence à se sentir au diapason de ce groupe où l'on ne s'embarrasse pas de ce vouvoiement propre à la langue française et capable de créer des barrières là où peut-être elles n'existeraient pas. Les jeunes et les moins jeunes se reconnaissent, comme s'ils faisaient partie d'une même famille, d'une même tribu.

– Tu as déjà visité la Forteresse ? lui demande Sophie.

Agathe répond par la négative. Une odeur d'herbe envahit l'espace, le jeune homme au bout de la table fait passer son mégot de forme conique à sa voisine de droite, une jeune fille aux longs cheveux bruns tressés en *dreads*. Quand le pétard arrive à hauteur d'Agathe, elle n'hésite pas très longtemps avant de tirer dessus. Elle aspire une longue bouffée, tousse, et le tend à son voisin de droite, un « vieux beau » en pantalon de flanelle, qui lui non plus ne se fait pas prier. Agathe rit. Elle se tourne alors vers Sophie, curieuse d'en savoir plus sur son voyage en solitaire.

Elle apprend que la jeune femme loue un camping-car tous les ans, pendant trois semaines, le temps de ses vacances.

– J'adore ce mode de vie, dit Sophie, les yeux brillants. J'ai l'impression qu'il n'y a que sur les routes que je suis bien. Parfois je me dis que je vivrais bien comme ça toute l'année.

Agathe est heureuse. Ainsi donc, elle n'est pas la seule femme à avoir ce genre de rêve.

– Il faut dire que c'est vraiment pas génial où j'habite, reprend la Parisienne. Cinquième étage sans ascenseur, dans le dix-septième. Et quand je dis « pas génial », dit-elle en mimant des guillemets avec les doigts, c'est même carrément pourri, entre les moisissures aux murs, les fuites d'eau et le minuscule coin cuisine qui donne tout sauf envie de faire à manger !

La jeune femme accompagne ses propos d'une moue significative et avale une gorgée de vin. Agathe lui tend une cigarette, s'en allume une aussi. Sophie tourne légèrement la tête pour ne pas souffler la fumée dans le visage d'Agathe.

– Mais le pire, poursuit-elle, c'est le bruit, surtout la nuit. Entre les gosses qui braillent, les chats qui se battent, et les voisins d'en face qui s'engueulent comme des charretiers en laissant bien les fenêtres ouvertes, je te garantis qu'il vaut mieux ne pas tomber en rade de boules Quies. Mais bon, j'ai de la chance d'avoir un vingt-deux mètres carrés, je ne vais pas me plaindre. Et pour moins de neuf cents euros, s'il vous plaît !

Elle sourit et de petites fossettes apparaissent aux coins de ses lèvres.

– Tu comprends pourquoi je suis si bien ici, dit-elle pour conclure.

Elle regarde la tablée, rit d'une blague stupide qui fuse de sa droite, lève son verre.

– Je porte un toast aux camping-cars, déclare-t-elle en élevant la voix, et aux fabuleuses rencontres qu'on fait quand on voyage. Moi non plus je n'ai pas encore visité la Forteresse, ajoute-t-elle en se tournant à nouveau vers Agathe, si tu veux on peut y aller ensemble.

– Avec plaisir, répond Agathe en souriant.

D'autres veulent se joindre à l'excursion. La vie est belle. La vie est simple. Agathe est heureuse. L'ambiance qui règne entre camping-caristes est à la hauteur de ses espérances. Sa tête tourne un peu et elle se sent bien. Elle aime cette fraternité simple qui s'installe tout naturellement au long de la route. Sophie se lève pour mettre sa tournée.

– Alors, cette première journée, c'était comment ? demande-t-elle à Agathe en remplissant son verre.

Agathe saute sur l'occasion pour raconter l'épisode de l'auto-stoppeur. Tous les regards sont braqués sur elle, et la jeune retraitée, flattée de se retrouver au centre de toutes les attentions, n'oublie rien. Elle décrit les couteaux avec le même effroi que lorsque l'homme les lui avait mis sous le nez. Elle prend un malin plaisir à faire durer le suspense, elle leur décrit le représentant de commerce avec force détails, de ses dents de carnassier à sa voix de ténor en passant par le costume marron d'un autre temps et sa silhouette longiligne d'employé des pompes funèbres. Elle en rajoute. Elle est fière de raconter comment elle a réussi à faire croire à cet individu malfaisant qu'elle n'était pas seule dans l'habitacle et qu'il n'avait pas intérêt à tenter quoi que ce soit.

Patrick, le *vieux beau*, lui demande alors quelle sera sa prochaine étape, et Agathe prend un ton détaché pour lui répondre que l'avenir le lui dira, que demain est un autre jour, bref le genre de trucs stupides pour se rendre intéressante… Évidemment qu'elle sait où elle ira demain, et après-demain aussi. À moins, bien entendu, d'un contretemps majeur, comme ce matin, où, pour fuir le plus vite possible loin de son passager, elle était repartie de Grignan sans prendre le temps de visiter le château comme elle avait prévu de le faire. Son itinéraire est tracé dans les moindres détails. Mais aux yeux des autres, un *road-trip* entièrement programmé à l'avance aurait bien moins de panache, *n'est-ce pas* ? Agathe redresse les épaules, bombe le torse, endossant avec délectation le rôle de celle qui ose, qui n'a pas froid aux yeux et qui ne se laisse pas démonter par un vulgaire représentant en coutellerie.

Grain

Agrippée à son volant, Agathe ne distingue plus du tout la ligne blanche. La pluie, épaisse, abondante, la prive de visibilité malgré les essuie-glaces lancés à leur vitesse maximum. Le vent souffle de plus en plus fort et emporte le *Baby* de droite à gauche et de gauche à droite comme un vulgaire gobelet de plastique.

Elle se cramponne encore plus fort au volant. Elle a peur. Elle imagine le pire, un virage raté, la chute vertigineuse au fond du ravin, le choc contre les rochers et son corps sans vie écrasé entre les taules. Si Victor était là, c'est lui qui tiendrait le volant et Agathe lui en veut encore plus de n'avoir pas voulu l'accompagner. Mais aussi, pourquoi n'avait-elle pas écouté le vieux avec sa casquette à carreaux, ce matin au bistrot, quand il disait qu'il ne tarderait pas à pleuvoir, « et pas qu'un peu » s'il en croyait ses rhumatismes ? Il faisait si beau alors qu'elle ne s'était pas méfiée. Et puis, qu'aurait-elle fait de plus à Sisteron ?

Sophie et les autres étaient repartis, certains depuis hier au soir déjà.

Oh, bien sûr, la ville est très jolie et Agathe a particulièrement apprécié la visite de la Forteresse, surtout avec une jeune femme aussi passionnée d'histoire que l'est Sophie. *Enfin… un peu trop peut-être*, avait-elle songé pendant la visite du musée consacré au passage de Napoléon Bonaparte et à ses faits d'armes. Sophie lisait toutes les pancartes explicatives, du début à la fin, elle commentait chaque tableau, chaque vitrine, de la forme des bottes en cuir que les soldats portaient à l'époque à leur façon de tenir le sabre et Agathe avait éprouvé à un moment donné un tel besoin de retrouver l'air libre qu'elle avait planté là une Sophie en extase devant le énième costume d'un soldat, en lui disant qu'elle partait l'attendre dehors.

Elle était retournée à l'endroit d'où le point de vue est, paraît-il, le plus beau de toute la Provence et, accoudée à la muraille, elle s'était délectée du paysage en aspirant à pleins poumons cet air chaud, doux comme sa nouvelle vie. Et le ciel était alors si bleu, si pur, qu'Agathe n'avait pas imaginé une seconde que ça se gâterait à ce point dès le lendemain.

Elle roule au pas. Son cher *Baby*, petite chose fragile, est ballotté en tous sens par le vent qui semble se renforcer à chaque seconde. Elle allume ses pleins phares, mais repasse aussitôt en codes parce qu'elle y voit encore moins qu'avant. Elle a mal aux bras, aux épaules, au dos. Elle a froid et ses dents s'entrechoquent.

Et enfin, alors qu'elle n'y croyait plus, elle aperçoit, comme une bouée jetée à la mer, un parking sur sa gauche. Elle écrase la pédale de frein et son véhicule se met à glisser aussi sûrement que sur une plaque de verglas. Le *Baby* tournoie, dérape et s'approche inexorablement du vide. Agathe tourne le volant dans tous les sens mais la direction ne lui obéit plus. Elle aimerait pouvoir sauter mais comment ferait-elle ? Elle s'accroche de toutes ses forces au volant. Elle crie. Elle prie. Elle pleure. Elle ne veut pas mourir. Pas encore. Pas maintenant.

Soudain le camping-car ralentit, la roue avant droite stoppée net par un bosquet de buis. L'arrière patine, se rapproche de l'à-pic et s'immobilise à quelques centimètres du vide. Agathe tremble de tous ses membres. Elle n'ose plus faire le moindre mouvement de peur de voir le véhicule partir vers le ravin.

Le bruit d'un moteur la fait sursauter et des phares éclairent la route près d'elle. Un tracteur passe à sa hauteur et s'immobilise un peu plus loin. Malgré la pluie qui masque les contours, elle reconnaît le vieux du café, celui qui l'avait avertie pour la tempête. Sa casquette est trempée et l'eau dégouline sur son visage ridé. Il fait signe à Agathe de ne pas bouger, déroule un câble depuis l'arrière de son véhicule et vient l'arrimer au camping-car à l'aide d'un crochet en fer. Il remonte vers son tracteur en se retenant au câble pour ne pas se laisser emporter par les violentes rafales de vent. Le *Baby*, accroché au filin, fait une nouvelle embardée, la roue arrière glisse un peu plus vers le ravin et Agathe tente d'ouvrir la portière, prête à sauter sur la route, mais le vent, aussi puissant que le souffle d'un géant, la pousse dans l'autre sens. Le câble se tend, le tracteur avance, et le camping-car, enfin, repart vers la route.

Agathe, encore tremblante, réunit toutes ses forces pour pousser la portière. Elle descend de son véhicule. Ses jambes la portent à peine et elle doit se retenir à la poignée pour ne pas chuter. En moins de trente secondes, elle est trempée de la tête aux pieds. Le vieux s'approche. Ils sont obligés de crier pour s'entendre. Agathe ne sait pas comment le remercier, mais l'ancien lui affirme que ce n'est rien. Il ne sait d'ailleurs pas pourquoi il est passé par là. D'habitude il prend le chemin qui coupe à travers champs. L'homme ne peut pas s'arrêter plus longtemps, il doit s'occuper de mettre les vaches à l'abri. Agathe le regarde repartir sur son tracteur avec la certitude que jamais elle n'oubliera son visage parcheminé et ses yeux de saint-bernard.

À la lisière de la forêt, les arbres agitent leurs branches comme des bras gigantesques, prêts à s'abattre et à broyer entre leurs paumes quiconque viendrait les défier. Agathe se gare en plein milieu de la place, le plus loin possible de cette nouvelle menace. Elle coupe le moteur, lâche le volant, laisse glisser ses bras endoloris le long de son corps et pousse un énorme soupir. Des élancements douloureux lui cisaillent le dos. Elle tremble et ses dents jouent aux castagnettes aussi bien que les Andalous. Elle se relève péniblement et se faufile entre les sièges pour regagner l'arrière. Elle retire ses vêtements trempés, enfile un pantalon de survêtement, de grosses chaussettes en laine dont elle pensait ne pas devoir se servir mais qu'elle avait glissées dans un placard « au cas où », un pull, puis un gilet. Elle enroule une écharpe autour de son cou mais elle a toujours aussi froid. Elle met de l'eau à chauffer pour le thé qui, l'espère-t-elle, aura plus d'effet que l'épaisse couche de vêtements qui lui couvre le dos.

Le fracas de la pluie sur la carrosserie est impressionnant. Agathe sursaute à chaque nouvel assaut du tonnerre. Pour avoir lu des récits à ce sujet, elle sait que des gens ont trouvé la mort dans leur caravane ou leur camping-car, emportés par un torrent de boue ou écrasés par la chute d'un arbre. Elle frissonne en songeant qu'il y a quelques minutes à peine elle aurait pu se retrouver en bouillie au fond du précipice.

Elle se sent seule, coupée du monde. La pluie semble redoubler à chaque seconde, le vent fouette les flancs du véhicule et pousse les portières comme s'il essayait d'entrer en force. L'estomac d'Agathe se comprime vers le haut. Elle a peur. Elle se demande ce qu'elle fiche là, si loin des siens, si loin de tout. Les éclairs qui envahissent l'habitacle à intervalles réguliers la font trembler plus fort à chaque nouvel assaut et l'envie de rebrousser chemin, dès que l'orage se sera calmé, s'impose à elle comme une évidence. Et tant pis si Victor se moque d'elle !

Agathe baisse les bras. Le combat acharné qu'elle devait livrer contre elle-même, selon la vieille gitane, s'achève là, mais au moins, songe-t-elle un peu tristement, elle aura essayé. Demain dans la journée elle sera chez elle. *Si elle en réchappe, bien sûr…*

Agathe ne répond plus

Victor est agréablement surpris en découvrant la table dressée pour deux sur la terrasse. Il aperçoit Jonathan qui s'active devant le barbecue en même temps qu'une odeur de merguez grillées lui chatouille les narines. Malgré sa lassitude il sourit à son fils. Jonathan, occupé à tourner les saucisses à l'aide d'une longue pince en métal, ne relève pas la tête mais Victor le voit sourire lui aussi.

– J'ai fait griller quelques poivrons pour accompagner les merguez, dit Jonathan. C'est dans une poêle à la cuisine, il n'y aura qu'à les réchauffer.

Près de lui, sur la desserte, son verre ballon est vide. Victor attrape la bouteille de rouge sur la table pour le remplir. Il n'en revient pas du changement qui s'est opéré chez son fils en quelques jours, comme si, d'un seul coup, il était passé de l'état d'enfant à celui d'adulte.

– Tu as des nouvelles de maman ? lui demande-t-il d'un ton qui se veut léger.

– Pas pour le moment, répond Jonathan en se tournant vers lui. Mais t'inquiète, c'est sûrement qu'elle n'est pas encore arrivée.

– Tu plaisantes, tu as vu l'heure qu'il est ? Il faut pas une journée, quand même, pour faire Sisteron-Grasse. Même en camping-car.

– Bof, tu connais maman, dit Jonathan en haussant les épaules. Il suffit qu'elle rencontre des gens avec qui discuter pour oublier l'heure. Si ça se trouve, elle est en train de trinquer à notre santé.

Oui, peut-être, mais avec qui ? Victor se souvient de la facilité avec laquelle Agathe avait suivi de parfaits inconnus dans un camp gitan, mais au moins elle n'était pas seule à ce moment-là. Et Victor connaît suffisamment Emma pour savoir qu'elle aurait tout fait pour empêcher Agathe d'y aller s'il y avait vraiment eu du danger. Mais aujourd'hui, ce n'est pas la même. Victor est inquiet, et il aimerait bien savoir dans quelle galère elle a encore pu se fourrer. *Et puis quoi,* se dit-il, *ça ne se fait pas pour une dame de partir toute seule, surtout à l'âge qu'elle a*, et la colère remonte en lui. Contre sa femme et contre lui qui l'avait laissée partir.

– C'est vrai que maman a été plus généreuse en photos hier, reprend Jonathan en retirant du feu les merguez grillées à point. Je crois bien qu'on en a une quarantaine rien que de la Forteresse de Sisteron. Je te les montre, si tu veux.

Jonathan pose le plat de saucisses près de leurs deux assiettes et sort son téléphone portable de sa poche arrière. Les photos sont belles, mais l'inquiétude tord le ventre de Victor. Il mange sans grand appétit, alors que pourtant tout est bon. Le cœur n'y est pas.

– Tu sais, papa, il ne faut pas trop t'inquiéter quand même, c'est peut-être juste que maman n'a pas de réseau… Et tes travaux, ça avance ?

– Ouais, pas mal, on a posé le chauffe-eau avec Vincent ce matin. Emma aussi est venue me filer un coup de main. C'est sympa de sa part, mais c'est malheureux, elle y comprend vraiment rien. Quand je lui dis de me passer une clef plate de huit, elle me passe la pipe de dix, et pour te dire, elle confond même la perceuse et la disqueuse !

Jonathan visualise Emma avec ses « *pompes de cagole* » sur un chantier, et l'image, pimentée par les explications du père, le fait beaucoup rire.

Pris d'une soudaine intuition, il active sur son portable le site de Météo France. Au bout de quelques instants, il relève la tête.

– C'est pas étonnant que maman ne donne pas de nouvelles, dit-il. Apparemment, il y a des orages violents là-bas. Elle a dû s'arrêter quelque part, le temps que ça passe.

Cette information nouvelle ne rassure pas Victor, au contraire. Il essaie encore une fois de la joindre avant de sombrer dans le sommeil, vaincu par l'épuisement du jour, mais à nouveau, il tombe directement sur sa messagerie.

Vivante !

Agathe se réveille en sursaut, éblouie par la lumière. Elle saute du lit et se précipite vers la fenêtre. Partout, des branches jonchent le parking, des grandes, des petites, les unes sur les autres, éparpillées dans tous les sens et sans logique apparente. Agathe ne sait pas à quel moment elle s'est endormie ni comment elle a pu y parvenir. Elle se revoit, frissonnante sous la couette, alors que la pluie martelait la carrosserie comme si elle avait voulu la perforer et que le vent la ballottait tellement qu'elle s'était imaginée au fond d'une barque en plein océan, livrée à quelque tempête tropicale.

Elle a envie de chanter, de danser, de rire, de crier au monde entier qu'elle est vivante ! VIVANTE ! Dehors, les oiseaux donnent un concert digne des plus belles symphonies de Mozart et un soleil prometteur pointe déjà le bout de son nez derrière la colline. Le ciel est lisse et sans nuages. Le sourire aux lèvres, Agathe emprunte le marchepied.

Des prières de remerciements se bousculent dans sa tête. Elle est si heureuse qu'elle en pleurerait de joie. Elle tend le bras vers son cher *Baby*, lui flatte le flanc comme si c'était un cheval de course et le félicite tout bas d'avoir si bien résisté à la tempête. Elle étire ses muscles encore endoloris par le trajet de la veille, fait rouler ses épaules, respire profondément, lève les bras le plus haut possible puis les laisse retomber le long de son corps, les fait bouger de l'avant vers l'arrière. Elle tire, elle relâche, elle inspire, elle expire et le sentiment grisant de se retrouver bien en vie ce matin l'emplit d'un bonheur sans nom.

Sans même prendre le temps de boire un café parce qu'elle imagine l'inquiétude de Victor et des enfants, Agathe reprend la route à la recherche d'un endroit avec du réseau. Elle slalome prudemment entre les branches pour quitter le parking. Elle évite de regarder de l'autre côté de la chaussée et les larmes lui montent aux yeux en songeant à ce qui se serait passé si le vieux paysan n'était pas passé par là dans son costume de bon Samaritain. Moins de deux kilomètres plus loin, son portable se met à vibrer plusieurs fois d'affilée. Elle se gare dès que possible, sur l'un de ces renfoncements qui longent la route et où la vue est à couper le souffle, mais force lui est de constater que le réseau a de nouveau disparu. Les yeux rivés sur son portable, elle s'éloigne de son véhicule mais rien ne se passe.

Elle s'approche alors du bord de la falaise où la verdure se développe sur la roche au gré des balcons naturels, prend quelques photos pour les poster tout à l'heure sur WhatsApp.

Elle se penche vers la rivière dont les couleurs rappellent le scintillement de l'émeraude, mais sa tête tourne et elle se redresse presque aussitôt, hantée par la vision de son corps sans vie, tout au fond, écrasé, en bouillie, méconnaissable, sous un amas de tôles défoncées. Les yeux fermés, elle respire doucement pour chasser l'image et attend de se sentir suffisamment d'aplomb pour redémarrer, le portable posé sur le tableau de bord dans l'attente d'un nouveau signal.

La route devient moins sinueuse et petit à petit, au fil des kilomètres, Agathe reprend confiance. En fait, se dit-elle, hier, à sa place, n'importe qui aurait paniqué, même le conducteur le plus émérite. Elle monte le son du poste, tapote sur le volant en chantant avec Black M « *Sur ma route, oui, il y a eu du move, oui, sur ma route…* ». Elle a presque atteint Castellane lorsqu'elle trouve enfin l'endroit idéal pour s'arrêter, sur un très grand parking, départ de plusieurs randonnées pédestres.

Au téléphone, Victor se montre agressif, sans doute à cause de ce trop-plein d'inquiétude accumulé depuis qu'elle est partie. Comme elle s'y attendait, il lui reproche de n'avoir pas consulté la météo avant de s'aventurer sur une route aussi dangereuse, et Agathe reconnaît qu'elle a eu tort. Elle lui promet d'être plus prudente la prochaine fois et ajoute que même à son âge on en apprend encore. Elle rit, d'un rire qui se veut insouciant.

– Et les filles, tu y as pensé ? demande Victor qui visiblement ne partage pas son hilarité forcée. Elles n'arrêtent pas de m'appeler depuis hier soir.

– Bien sûr que j'y pense, mais encore une fois, je te rappelle que j'ai fait une pause à cause de l'orage, justement pour ne pas mettre ma vie en danger.

– Enfin, Agathe, c'est normal que je m'inquiète, non ? Surtout que je sais que tu es capable de suivre n'importe qui n'importe où ! Figure-toi que même Emma se fait du mouron.

– Ah bon, tu en as parlé avec elle ?

– Heu… oui, on s'est croisés en ville, répond-il, après une légère hésitation qui n'échappe pas à Agathe. Au magasin de bricolage.

Le réseau se brouille et Agathe n'entend plus grand-chose, mais elle comprend néanmoins que c'est reparti pour les mises en garde à n'en plus finir et elle est soudain pressée de raccrocher. Quand Flore essaie de la joindre un peu plus tard, elle ne répond pas, tellement elle en a assez de cette pression qu'ils lui mettent tous sur le dos comme autant de projections de leurs propres angoisses. Enfin quoi, elle n'est pas partie à l'autre bout du monde ! Ce qui est sûr, c'est qu'elle ne leur racontera pas l'épisode du dérapage incontrôlé. Car, il faut bien le dire, elle a bien failli y laisser sa peau ce coup-ci !

Il s'en allait l'hiver, l'été…

Agathe a besoin de se dégourdir les jambes avant de reprendre la route. Elle fait le tour du parking trois fois, très vite. Elle voit à peine les gens qu'elle croise, bien plus préoccupée par la question de son retour à la maison que par n'importe quoi d'autre. Elle ralentit le pas à proximité d'une table en bois entourée de bancs et s'y installe le temps d'en griller une avant de repartir.

Et là, face aux arbres de la forêt dont les feuilles frémissent sous une brise légère, elle prend sa décision. Elle ne rentrera pas. En tout cas pas tout de suite. Agathe a beau faire, s'imaginer le reste de l'été clouée à la maison est au-dessus de ses forces. Alors, oui, elle regardera la météo avant de prendre la route, et non, elle ne prendra plus d'auto-stoppeur. Hormis ces deux points, que pourrait-il lui arriver d'autre ?

Bizarre, quand même, cette hésitation qu'avait eue Victor au téléphone en parlant d'Emma. Comme s'il avait quelque chose à lui cacher. Agathe fait défiler ses contacts, clique sur celui de son amie. La sonnerie retentit jusqu'au déclenchement de la messagerie et elle raccroche sans lui laisser de message. Elle se penche pour écraser son mégot dans la terre et le ramasse pour le jeter à la poubelle. Elle range son portable au fond de son sac, bien décidée à ne pas se laisser gâcher une aussi belle journée par des interrogations pour le moins saugrenues, et repart en direction de son véhicule.

Elle sursaute en découvrant son pneu avant gauche complètement à plat, et ne peut s'empêcher de crier le mot de Cambronne, trois fois et très fort. Agathe aimerait comprendre quel est ce vilain sort qui s'acharne ainsi contre elle. Des promeneurs au loin se retournent un instant, puis reprennent leur chemin sans plus s'occuper d'elle. Agathe ne sait même pas où est rangée la roue de secours, ni même s'il y en a bien une, et puis qu'en ferait-elle si elle mettait la main dessus ? Elle envoie un coup de pied rageur dans une motte de terre, consciente que ça ne sert strictement à rien, à part éventuellement la soulager. Mais même la colère ne retombe pas.

C'était comment, déjà, la chanson de Cookie Dingler ? *… être une femme libérée, tu sais c'est pas si facile… elle raconte même qu'elle sait changer une roue…* C'est exactement ça, *elle raconte* ! La chanson ne dit pas qu'elle le fait vraiment, juste qu'elle se vante de savoir le faire. C'est tellement facile ! En plus, il s'agit d'une voiture, pas d'un engin qui pèse dix mille fois plus lourd !

Agathe sait qu'elle va devoir appeler le garage le plus proche et que l'intervention coûtera sans doute assez cher. Cette solution, malheureusement unique, la désole d'autant plus qu'elle va devoir en parler à Victor avant qu'il ne tombe sur la douloureuse par hasard en épluchant les comptes, comme il le fait chaque semaine. Oh, bien sûr, il ne pourra pas lui reprocher d'avoir crevé, mais Agathe l'entend déjà répéter une fois de plus *que la route c'est pas fait pour une femme seule*, et cette pensée lui hérisse le poil. Surtout s'il se met à ricaner !

Alors qu'elle recherche le numéro du garage le plus proche, un camping-car, beaucoup plus récent que le sien, et bien plus long aussi, se gare un peu plus loin. Agathe reprend espoir. Le conducteur de ce magnifique engin saura peut-être quoi faire de cette roue crevée ! Elle se précipite, fait le tour du véhicule presque en courant et déboule sur le côté au moment où la portière s'ouvre.

Agathe n'en croit pas ses yeux. Elle regarde plus attentivement l'homme qui en descend. Tout y est. Les cheveux mi-longs gris argent, les sourcils broussailleux, la forme de ses lèvres. Seules les lunettes sont de trop – pour lui sans doute pas –, mais elles le sont pour Agathe qui ne l'avait jamais vu avec. L'homme a l'air étonné de la voir là et Agathe se sent gênée d'un coup. Elle rit, bêtement, ramène une mèche de cheveux derrière son oreille.

– Bonjour, excusez-moi, j'ai crevé, dit-elle très vite, et je cherchais quelqu'un pour m'aider à changer la roue. Mais… pardon, je ne savais pas que c'était vous.

L'homme sourit. Agathe lui tend la main, se présente. Daniel Guichard, *car c'est bien lui*, veut bien voir ce qu'il peut faire. Agathe n'en croit pas ses oreilles. Elle savait l'homme simple, mais jamais elle ne l'aurait imaginé lui faire une telle proposition !

Confidences

Évidemment qu'une roue de camping-car, ça ne se change pas aussi facilement que sur une voiture. Agathe est terriblement gênée de voir Daniel Guichard, un homme aussi connu que lui, couché dans les graviers, la lampe de poche à la main, à la recherche d'une roue qui demeure obstinément introuvable. Au bout d'un moment, elle n'y tient plus.

– Laissez tomber, dit-elle en se mordillant les lèvres, de sa façon si particulière de le faire. Je viens de me souvenir que mon mari m'avait préparé une bombe anticrevaison. Je crois qu'il l'a mise dans la soute, près des bouteilles de gaz.

Le célèbre chanteur se relève, frotte ses genoux pour en faire tomber la poussière.

– Bonne idée, dit-il. Par contre, je vous conseille fortement de vous arrêter dans le premier garage que vous croiserez pour une réparation correcte. Vous en trouverez un à l'entrée de Castellane.

– Merci… Merci beaucoup, dit Agathe, confuse. Et encore désolée de vous avoir dérangé. Mais d'un autre côté, je n'aurais pas eu le plaisir de vous rencontrer, monsieur Guichard.

– Va pour Daniel, Agathe ! Alors comme ça, vous voyagez seule ?

Agathe rit, mais le voile de tristesse qui passe dans son regard quand elle répond que son époux n'avait tout simplement pas voulu l'accompagner n'échappe pas à son interlocuteur.

– Je peux vous offrir quelque chose à boire ? demande-t-elle en lui décrochant son plus beau sourire. J'ai de la bière au frais si ça vous dit.

La table en bois de l'aire de stationnement est toujours libre et Agathe s'installe sur l'un des bancs tandis que Daniel Guichard prend place sur l'autre. Elle n'en revient pas. Se retrouver là, en face d'un des hommes les plus célèbres de la chanson française et extrêmement sympathique de surcroît, c'est juste… surréaliste ! Elle imagine la tête de ceux à qui elle racontera son aventure.

– Vous savez que c'est le rêve de tous les camping-caristes de vous rencontrer ? dit-elle, les yeux brillants.

– Ah bon ? Alors c'est que vous êtes née sous une bonne étoile, ma chère Agathe.

Il rit et Agathe se joint à son rire. L'instant est magique et une pluie d'étoiles filantes traversent la tête de la jeune retraitée. Elle a du mal à croire à son bonheur.

– Avec mon mari, on a tous vos albums, dit-elle encore, même de vieux 33 tours en vinyle… Vous êtes en tournée dans le coin ?

– J'étais. Là je repars quelques jours chez moi pour me reposer avant le prochain concert.

Pour avoir lu des articles à son sujet, Agathe sait que Daniel n'utilise son camping-car que le temps des spectacles, et quand elle apprend qu'il sera à Montpellier fin août, elle programme dans sa tête un nouvel itinéraire pour être dans le coin à ce moment-là. Elle se promet de réserver sa place au plus vite. Ou deux si Victor a envie de l'accompagner.

– Vous avez de la chance de ne pas être passé hier dans les gorges du Verdon, poursuit-elle. C'était abominable ! J'ai bien cru que ma dernière heure était arrivée !

Agathe dit ça en riant, pour minimiser, alors que pour rien au monde elle ne voudrait revivre un moment pareil. Elle narre avec la même théâtralité qu'Emma aurait pu le faire, comment elle avait lutté contre la tempête jusqu'à atterrir au bord du gouffre. Quand elle en vient à l'histoire du vieux paysan sans qui elle ne serait sans doute plus en vie, son rire s'arrête net au fond de sa gorge.

– Et vous en voulez à votre mari de n'avoir pas voulu vous accompagner, dit Daniel, les sourcils légèrement froncés.

Le chanteur ne pose pas la question. Il affirme. Il a compris. Agathe est déstabilisée et même troublée par son regard. Il lui rappelle celui de Pablo Jimenez. Elle y devine la même intensité, la même curiosité, le même intérêt de savoir ce qui se cache au fond de l'autre. Alors elle raconte… Comment Victor lui avait donné envie de voyager, le bonheur qu'elle avait eu d'acheter le camping-car sans avoir à entamer leurs économies, et puis sa déception lorsqu'elle avait compris que Victor était loin de partager son enthousiasme, notamment concernant l'étroitesse de l'habitacle.

– Mon mari fait plus d'un mètre quatre-vingts, précise-t-elle.

Agathe avale une gorgée de bière, tout doucement pour ne pas attraper le hoquet.

– Si j'ai bien compris, ce n'est pas uniquement à cause de sa grande taille que votre mari n'a pas voulu vous accompagner, dit Daniel.

Agathe ne sait pas. Elle ne sait plus. Elle s'en veut d'avoir lancé la conversation sur ce sujet. Elle n'aurait jamais dû parler de Victor. Il lui aurait suffi de dire dès le départ qu'elle voyageait seule, sans préciser. Et à cette heure-ci, au lieu de plomber l'atmosphère avec ses histoires de femme déçue parce que son mari n'a pas eu envie de faire comme elle, elle proposerait à Daniel Guichard de sortir sa guitare et de lui jouer *Mon vieux*.

– C'est pourtant ce que je croyais au début, poursuit-elle en soupirant. C'est ce qu'il disait. Mais il a continué à trouver des prétextes alors même qu'il avait remplacé le matelas supplémentaire par un autre plus grand et plus confortable !

Agathe s'arrête soudain, sur le fil. Elle se mord les lèvres. Elle ne sait pas ce qui lui a pris d'évoquer le second couchage. À présent, elle va devoir expliquer le reste. Les nuits où chacun dort de son côté pour ne pas déranger l'autre… Daniel ne dit rien. Il attend. Et Agathe a soudain l'impression qu'elle peut tout lui dire. Elle lui parle de sa libido perdue et des pannes de son mari avec presque autant de légèreté qu'elle aurait parlé de la pluie et du beau temps. Elle raconte à Daniel ses années de mariage avec un mari si souvent absent qu'il lui avait fallu gérer le quotidien en plus de son travail d'infirmière.

– Remarquez que je ne m'en plains pas, précise-t-elle. Tant qu'on a la tête dans le guidon, on n'a pas le temps de penser à certaines choses. Mais quand on arrive à la retraite, on se rend compte alors que la vie passe beaucoup plus vite que prévue. Vous ne trouvez pas ?

Daniel sourit. Agathe réalise qu'elle s'adresse à un homme qui sans doute, et nombreux sont ceux qui l'espèrent, n'est pas prêt à arrêter de chanter !

– Vous avez raison, la vie est courte, dit-il simplement.

Son regard se pose un instant sur la lisière des bois, vague, absent. Agathe allume une nouvelle cigarette, soudain gênée. Mais quand Daniel l'incite à poursuivre son récit, Agathe ne se fait pas prier.

Lorsqu'elle en vient à l'histoire du poulailler, sa voix se brise en expliquant que même les enfants trouvent l'idée excellente, mais qu'elle n'en imagine aucun des trois s'occuper des poules en leur absence. Daniel ne fait aucun commentaire et Agathe ne sait pas s'il juge lui aussi le projet intéressant ou au contraire complètement loufoque.

Puis elle lui parle d'Emma et de leur virée dans la Drôme, de leur rencontre avec les musiciens, et comme à chaque fois qu'elle y repense, le visage de Pablo s'éclaire dans son esprit. La façon dont elle raconte à Daniel comment elles avaient fini la soirée, pompettes, dans un camp manouche le fait beaucoup rire, même s'il admet que lui aussi aurait sans doute été inquiet à la place de Victor. À quoi Agathe rétorque, toujours sous le ton de l'humour, que c'est avec lui qu'elle serait partie s'il n'avait pas fait sa tête de cochon !

– Vous devez me trouver bien égoïste, n'est-ce pas ? demande-t-elle soudain.

Daniel avale une gorgée de bière, prend le temps de répondre.

– L'important n'est pas de savoir comment vous trouvent les autres, mais de quelle manière vous-même vous vous percevez, dit-il en la regardant au fond des yeux.

– Bien sûr, vous avez raison. D'ailleurs, Emma me tient le même discours. Mais à vrai dire, je n'en sais rien. Parfois je me dis que c'est légitime de s'occuper de soi quand on a passé sa vie à s'occuper des autres, mais l'instant d'après je pense tout le contraire.

Agathe aspire une bouffée sur sa cigarette, recrache la fumée, nerveusement. Les prévisions de la bohémienne ressurgissent dans sa mémoire et l'éclat de ses yeux noirs flotte un instant dans les volutes grises avant de s'évaporer dans l'air chaud de cette si belle journée. En face d'elle, sur un banc de pique-nique près de Castellane, alors qu'elle vient sans doute de réchapper à la mort, que son pneu est à plat, Daniel Guichard l'observe de son regard bienveillant et Agathe mesure l'étendue de sa chance. Elle sourit et ses yeux se remettent à pétiller.

– La route est faite de si belles rencontres, dit-elle, ce serait dommage de s'en priver, n'est-ce pas ?

– C'est vrai, répond-il, souriant lui aussi. Et donc, vous avez choisi de partir à l'aventure toute seule. C'est très courageux de votre part.

Agathe se rengorge et son sourire s'élargit, jusqu'au moment où Daniel Guichard lui annonce alors qu'il est temps pour lui de reprendre la route.

– Mais si on s'occupait déjà de cette roue ? dit-il en se levant.

Agathe lui tend la bombe anticrevaison, beaucoup moins gênée que tout à l'heure. Daniel Guichard s'accroupit pour desserrer le capuchon de la valve et il a l'air d'accomplir cette tâche de si bon cœur qu'Agathe sourit en le regardant faire.

– En tous les cas, j'ai été enchanté de faire votre connaissance, dit-il en se relevant, et Agathe est si fière qu'elle en pleurerait de joie.

Un sentiment de tristesse lui pince le cœur tandis qu'elle le raccompagne jusqu'à son magnifique camping-car XXL. Il ouvre la portière du côté passager, se penche vers le vide-poches puis se redresse presque aussitôt. Il lui tend deux billets pour son prochain concert, pour elle et la personne de son choix, précise-t-il. Et quand le chanteur lui fait promettre de venir toquer à sa porte après le spectacle, Agathe a l'impression de flotter dans un champ de coton, et le coton se soulève et l'emporte dans le bleu du ciel quand il lui propose de faire un *selfie*. Puis il la serre dans ses bras, longuement, lui redit à quel point il la trouve courageuse, et, rien que pour un moment comme celui-ci, Agathe se sent prête à affronter une nouvelle tempête.

C'est ma place !

Comme elle le redoutait, Agathe galère pour trouver de la place. Les quelques emplacements où elle aurait suffisamment d'espace pour y glisser son *Baby* sont pris d'assaut. Elle se retrouve pour la troisième fois au même feu rouge, au même carrefour, emprunte à nouveau le même boulevard. Elle transpire. Elle a faim. Elle a soif. Elle n'en peut plus de ce flot de voitures, à droite, à gauche, devant, derrière. Elle est prête à quitter le centre-ville pour rejoindre une aire réservée aux camping-cars lorsqu'une place se libère sous ses yeux, à l'ombre d'un arbre qui plus est. Agathe s'y précipite sans demander son reste.

Elle fredonne. Elle savait bien que rien de fâcheux ne pouvait lui arriver aujourd'hui. Elle passe à l'arrière pour se rafraîchir, mais le spectacle qui l'attend la désole et l'amuse tout à la fois. Elle se moque de son étourderie, parce que, tout de même, si elle avait pensé à refermer la porte du coin toilettes après son dernier arrêt, ça lui aurait évité d'assister au spectacle pitoyable de ce serpentin d'un rose sale courant sur le sol, enroulé parfois autour d'un pied de table ou de banquette.

Elle se baisse pour le ramasser, moyennement ravie par le gâchis. Au même instant, on toque à la porte d'une manière forte, plusieurs fois de suite. Agathe sursaute. Intriguée, elle entrebâille la porte.

– Tu peux pas rester là, hein…, lui dit-on.

C'est une voix de femme, forte et agressive. Agathe ouvre un peu plus. En face d'elle, une jeune fille outrageusement maquillée la regarde en mâchant un chewing-gum, jambes écartées et mains sur les hanches.

– T'es nouvelle, non ? demande-t-elle à Agathe qui ne saisit pas tout.

Le look de la femme avec sa minijupe en cuir noir et son visage trop maquillé est pourtant assez suggestif et Agathe éclate de rire quand elle comprend la méprise.

– Ne vous inquiétez pas, mademoiselle, dit-elle, je ne cherchais pas à vous voler votre emplacement. Je ne suis pas une p…, enfin, se reprend-elle, nous ne sommes pas collègues.

La jeune fille s'arrête un moment de mâcher.

– Ouais, n'empêche que c'est ma place quand même. Les clients, ils ont l'habitude de venir ici. Et ça fait trois heures que j'attends sur le côté que des saloperies de touristes allemands se cassent d'ici !

Elle accompagne ses propos d'un geste de la main pour lui faire voir sa camionnette garée près du grillage, entre deux rangées de voitures, et se remet à mâchouiller son chewing-gum.

– Ne vous inquiétez pas, dit Agathe à contrecœur mais soucieuse comme toujours d'arrondir les angles, je vais essayer de trouver une place ailleurs. Je ne voudrais pas vous empêcher de travailler.

– Tenez, dit la jeune prostituée d'un ton radouci, en lui montrant l'autre bout du parking, y en a d'autres qui s'en vont. Mais vous avez intérêt à vous magner le trognon si vous voulez pas vous faire faucher la place.

Agathe lui sourit et remonte dans son véhicule tout en lui souhaitant une bonne journée. La jeune fille esquisse un vague sourire, lève légèrement son bras droit, la paume de la main ouverte en un geste de salut, et repart sur ses talons aiguilles d'un pas chaloupé, prête enfin à attaquer le boulot.

Agathe ajoute dans un coin de sa tête cet épisode à la liste déjà longue de toutes les anecdotes qui pimentent son *road-trip*, comme elle se plaît à nommer son voyage en imitant du mieux qu'elle peut l'accent anglais. Mais elle aimerait comprendre ce qui, dans sa tenue, avait pu laisser croire à cette jeune fille qu'elles étaient du même monde. D'autant plus que la demoiselle, d'abord, n'avait vu que sa tête et le haut de son corps. *Trop décolletée ? Un rouge à lèvres trop vif ?* Agathe continue à y songer un moment, alors qu'elle déambule dans les rues de Marseille au milieu d'une foule haute en couleur, son sac en bandoulière serré contre elle, comme elle le fait toujours dans les grandes villes.

Elle devrait écrire un journal, se dit-elle soudain, et l'idée lui paraît tout à fait excellente. Ou carrément un blog ! Elle enverrait les photos et les commentaires à Jonathan et il n'aurait qu'à tout mettre en ligne. Elle pourrait l'appeler « Le blog d'Agathe », ça sonne bien comme titre, et pourquoi pas tout simplement « La balade d'Agathe ». Ou encore « Agathe the blues », songe-t-elle en souriant, et l'image de Pablo, sa guitare à la main, refait surface dans sa mémoire. Non, finalement, l'idée ne lui semble plus si bonne que ça, parce que si Victor et les enfants savaient la moitié de ce qui lui est déjà arrivé, ils n'en dormiraient plus de la nuit. Et pas sûr non plus que son mari apprécie particulièrement qu'on prenne sa femme pour une prostituée !

Tu tires ou tu pointes ?

Rien de tel qu'une bonne bouillabaisse accompagnée d'un petit blanc pour se rasséréner, pense Agathe en se levant de table. Elle s'était renseignée auprès des autochtones avant d'atterrir ici, tant elle aurait détesté se retrouver dans l'un de ces restaurants attrape-touristes qui foisonnent un peu partout dans le monde, où la carte à rallonge donne déjà des boutons avant même d'avoir avalé quoi que ce soit. Le genre de lieu où on te certifie que les poissons sont pêchés du jour, que la bouillabaisse est un pur produit local et que le cuisinier réussit aussi bien la paella que la pizza ou la choucroute.

Rassasiée, Agathe flâne longtemps le long du Vieux-Port, où des pêcheurs en tabliers de plastique vantent les mérites de leurs poissons, interpellent le badaud pour les attirer vers leur étal. Elle s'imprègne de ce mélange de douceur et d'exubérance propre à la cité phocéenne. Sans se presser, elle remonte ensuite vers la ville et s'installe sur un banc public pour suivre une passionnante partie de pétanque ponctuée par des :

– Tu tires ou tu pointes ?

– Ma qué, mais tu vois rien ou quoi ? Tè vé, regarde bien, je vais te montrer ce que c'est qu'un vrai professionnel !

Agathe sourit. Elle aime cet accent qui chante, qui exagère, qui sent bon le Sud et donne au jeu une saveur toute particulière. À travers l'étoffe du sac en tissu, elle sent son portable vibrer avant même de l'entendre et son sourire s'élargit en voyant le visage d'Emma apparaître sur l'écran.

– Alors comme ça tu as rencontré Daniel Guichard ? lui dit son amie sans préambule.

– Tout à fait ma chère, répond Agathe en se rengorgeant.

Depuis qu'elle a envoyé le *selfie*, où on les voit tous les deux, sur « La balade d'Agathe », son téléphone n'arrête pas de sonner. Elle a eu droit, bien entendu, à tout un tas de *smiley*, de bouches arrondies, de pouces levés et de gros cœurs, mais aussi à un coup de fil de Mady et à un autre de Flore. Ses filles étaient tellement emballées qu'elles en avaient oublié de lui parler de l'orage, au grand soulagement d'Agathe qui aurait détesté devoir se justifier une fois de plus.

– Je lui ai parlé de toi, dit-elle à Emma, et aussi de Victor et des enfants. Il est incroyable, tu sais ! Quand il te regarde au fond des yeux, tu sais que tu peux lui dire des choses que tu n'as jamais dites à personne.

– Comme ?

– Je ne sais pas, moi, répond Agathe qui cherche très vite une réponse à lui donner, comme avoir un mari qui a changé du tout au tout depuis qu'il est retraité.

Agathe rougit, soudain. Elle réalise qu'elle a dressé à Daniel un portrait pas très flatteur de son mari, qu'elle s'est même fichue ouvertement de lui et de son idée de poules. À l'autre bout du fil, Emma ne dit rien.

– Au fait, enchaîne Agathe, Victor m'a dit que vous vous êtes croisés ?

Emma ne montre aucune hésitation en répondant par l'affirmative et précise le lieu de leur rencontre avant même qu'Agathe ne lui en demande plus, *comme si elle s'attendait à la question*, songe alors la jeune retraitée.

– Tu sais, Agathe, poursuit Emma, tu ne peux pas lui en vouloir de ne pas avoir envie de partir en ce moment. Il a sans doute des choses à faire.

– Oui, bien sûr… le jardin, le poulailler, rien que des trucs passionnants, n'est-ce pas ?

Agathe rabat une mèche de cheveux derrière son oreille, d'un geste brusque. Elle ne comprend pas bien ce qui pousse son amie à prendre la défense de Victor, mais, encore une fois, elle refuse d'approfondir la question. Le bruit d'une scie lui parvient à travers le combiné.

– Tiens, tu es où ? demande-t-elle, plus pour faire dévier la conversation vers quelque chose de plus léger que par réel intérêt.

– Tu m'escagasses à faire le testard, je te dis qu'il faut tirer ! dit alors l'un des joueurs en levant les bras au ciel, et Agathe n'entend que la fin de la réponse d'Emma.

– … mon oncle. Dis donc, ça a l'air bien animé aussi, là où tu es !

Agathe rit. Elle s'éloigne du terrain de pétanque, essaie de décrire au mieux cette ville de bord de mer, haute en couleur, mais très vite, elle revient sur sa rencontre avec le chanteur, sans donner toutefois plus de précision quant à la teneur des échanges qu'ils ont eus au sujet de Victor.

– Daniel m'a offert deux places pour son concert à Montpellier, dit-elle, aussi fière que si elle avait décroché la lune.

– Tu en as de la chance, dit alors Emma en soupirant. Vivement la retraite ! Tu sais, je crois que je vais m'en acheter un aussi, de camping-car !

Dans le combiné, un bruit de marteau a succédé à celui de la scie, et les paroles d'Emma résonnent encore longtemps aux oreilles d'Agathe, comme la douce promesse de ne plus être seule à voyager. Avec Emma, elles pourront s'aventurer beaucoup plus loin, plus longtemps, et si Victor préfère rester à la maison, libre à lui de ne pas les accompagner.

Un message arrive sur son portable et elle rappelle aussitôt Sophie, la Parisienne rencontrée à Sisteron.

Viens poupoule, viens...

Sac sur le dos et sandales à semelles « ultra plus confort » aux pieds, Agathe actionne le bouton de verrouillage de son camping-car. Elle a bien dormi et regorge ce matin d'une énergie débordante. Elle est heureuse, mais comment pourrait-il en être autrement ? La jeune retraitée est fière. Elle se régale. Elle réalise son rêve. C'est une aventurière. Elle est jeune. Elle oublie que ses jambes ne la portent plus comme avant et que sa hanche droite la fait souffrir quand elle reste trop longtemps debout. Elle frétille comme un poisson dans l'eau. Elle vibre. Elle a l'impression d'être revenue quarante ans en arrière, alors que le temps n'avait pas encore laissé sur son corps son empreinte parfois douloureuse.

Le vent souffle fort et ses cheveux s'envolent autour de sa tête, indisciplinés, rebelles. Elle essaie de les faire tenir en place en montant ses lunettes de soleil sur le sommet de sa tête, mais la lumière blanche et crue lui fait cligner des yeux et elle les rabaisse aussitôt. Agathe a une pensée pour tous ceux qui sont au travail, et tout particulièrement pour Emma qui commence à peine sa journée. La jeune retraitée se voit déjà à bord du bateau, les bras posés sur le bastingage, tous les sens en éveil, envoûtée par la beauté des criques qui jalonnent les côtes. Avec Sophie, elles ont opté pour le circuit le plus long, celui qui mène jusqu'aux calanques de Cassis.

En arrivant à l'embarcadère, Agathe cherche la jeune Parisienne du regard au milieu de la foule qui s'agglutine déjà dans la file d'attente, mais elle ne l'aperçoit nulle part. Elle sort un papier de son sac, compare ce qu'elle y a griffonné hier avec ce qui est écrit sur la pancarte, histoire de vérifier qu'elle est bien au bon endroit. Quand elle essaie de joindre Sophie, elle tombe directement sur sa messagerie. Agathe patiente encore plusieurs minutes et finit par se glisser, à contrecœur, dans la file d'attente qui ne cesse de s'allonger.

Devant elle, un homme à la mine maussade et aux lèvres en croissant de lune ne cesse de vitupérer contre la lenteur de l'embarquement. Il regarde sa montre tous les quarts de seconde, se tourne vers madame, répète inlassablement que ce n'est pas normal d'être encore en train d'attendre sur le quai d'embarquement alors que l'excursion est censée débuter à dix heures trente précises. *Au prix qu'ils l'ont payée, en plus !* Fort heureusement pour Agathe, ils n'ont pas l'idée lumineuse de vouloir la prendre pour témoin. Elle se promet de trouver une place le plus loin d'eux possible, une fois qu'ils seront montés à bord. Elle les sent tout à fait capables de passer leur temps à s'énerver contre les conditions de voyage plutôt que de se contenter d'admirer la beauté du site, et Agathe n'a aucune envie de voir son escapade gâchée par des aigris qui ne comprennent rien à la vie.

Elle balaie sans cesse la place du regard, mais Sophie demeure invisible. Derrière elle, la file s'allonge encore. À travers l'étoffe de son sac, Agathe sent son portable vibrer. *Sophie !* Hélas non, c'est un message de Jonathan, ou plutôt une série de photos que la jeune retraitée fait défiler sur son écran, et ses poils se dressent sur ses bras à mesure qu'elle les découvre. Sur l'une d'entre elles, une poule blanche grimpe l'escalier qui mène au poulailler qu'hier encore Agathe espérait n'être qu'une simple cabane pour les enfants. Sur une autre, c'est une noire nichée dans le pondoir qui regarde l'objectif et Agathe lui trouve un air stupide.

Ainsi donc c'était vrai, ne cesse-t-elle de se répéter. Un autre message arrive, de Mady cette fois-ci, qui une fois de plus ne s'est pas beaucoup foulée, avec ses trois pouces levés. Puis c'est au tour de Flore qui répond « Cool » suivi du *smiley* au sourire de camembert entamé, et Agathe a le doigt sur le clavier pour répondre par celui qui pleure quand un nouveau message, toujours de Flore, arrive dans la foulée.

– Pour moi, ça sera douze œufs par semaine, écrit-elle.

Et toujours et encore, le texte est suivi de la ridicule tête jaune qui sourit bêtement. Agathe bouillonne, même si elle veut bien admettre que Victor s'est pas mal débrouillé et que la cabane s'intègre parfaitement au paysage. Mais elle la déteste déjà, elle l'imagine pleine de fientes et d'œufs salis par la boue et les excréments de ces fichus volatiles qui, sans en avoir conscience, cloueront pour de bon son mari à la maison ! Ce qu'elle avait espéré n'être qu'une chimère, un rêve en passant, une lubie que Victor aurait eue un matin, comme ça, mais qui se serait aussitôt envolée comme un voile de fumée, tout ça est bel et bien devenu réalité. Et quand Amandine rajoute un « *et six pour moi !* », Agathe se sent des envies de répondre par l'émoticône rouge de colère.

Elle cherche le côté positif des choses pour calmer sa rage, se rappelle le goût incomparable des œufs « maison », des omelettes au lard que sa mère réussissait si bien et de ses gâteaux toujours jaune orangé parce que les poules consommaient de l'herbe tous les jours. Mais enfin quoi, six œufs pour Amandine, douze pour sa sœur, et une douzaine de réserve à la maison, ça en fait trente tout de même ! Le cerveau d'Agathe travaille à toute vitesse. Elle calcule combien de poules sont nécessaires pour en pondre autant. En imaginant qu'elles en fassent un tous les un jour et demi, se dit-elle, vu que la plupart des poules pondent en moyenne deux cent quarante œufs par an, il faut diviser trente par quatre et demi, ou par cinq… à moins que ce ne soit par quatre…

La file avance et Agathe s'en rend à peine compte. L'homme aux lèvres en croissant de lune clame un « Ah, quand même ! » suffisamment fort pour que tout le monde l'entende. Agathe hausse les épaules, soudain agacée par la tournure que prennent ses pensées. Quelle importance le nombre de poules ? Qu'il n'y en ait qu'une ou qu'elles soient cinquante, le résultat est le même, il faudra être là tous les jours pour leur donner à boire et à manger.

Et si Victor tombe malade, c'est elle, peut-être, qui devra s'y coller ? Curer la paille, ramasser la merde, porter les arrosoirs pour leur donner de l'eau, sans omettre d'amorcer les pièges pour ces saletés de rats qui ne manqueront pas de se multiplier autour du poulailler, attirés par le blé, les soupes de pain et les déchets de la table !

Jalouse ?

Le texto arrive sur le portable d'Agathe alors que le bateau quitte le quai. Sophie est désolée, elle s'est couchée trop tard et n'a pas entendu la sonnerie du réveil. Elle n'arrivera pas à temps pour le départ de l'excursion, mais propose à Agathe d'aller boire un verre ensemble dans l'après-midi, ce que cette dernière, bien qu'un peu déçue, accepte aussitôt. Elles conviennent d'un lieu de rendez-vous, à deux rues à peine du port.

Au moment où Agathe s'apprête à ranger le téléphone quelque part au fond du sac, un nouveau message clignote, sur « La balade d'Agathe » cette fois-ci. Encore un post de Jonathan. Agathe s'attend au pire, style une photo avec des centaines de poules, mais c'est dans le jardin qu'a été prise cette nouvelle vague de clichés. Agathe y découvre Victor, souriant, devant le poulailler. Puis Victor et Jonathan qui se tiennent par les épaules. Agathe se demande un instant qui a pris la photo, mais la réponse ne tarde pas à venir.

Sur le troisième cliché, Emma est accroupie sur ses sandales jaunes à plateformes, celles qui se lacent sur la cheville. Elle tend la main vers l'une des poules dont Agathe ne distingue que le bec et une partie de la tête. La photo a été prise de profil. Emma sourit. Son bras dénudé laisse voir les arabesques qui couvrent son épaule et Agathe agrandit l'image. *Vu d'en haut, l'effet est encore plus joli*, songe-t-elle. C'est marrant, elle croyait son amie au boulot. Mais il faut dire que ses jours de congé sont fluctuants et que ni l'une ni l'autre n'avaient évoqué la question hier au téléphone.

Les deux aigris foncent vers l'avant et jouent des coudes pour obtenir avant tout le monde ce qu'ils imaginent être les meilleures places. Agathe soupire et s'arrête côté poupe, le plus loin possible d'eux. Dans un ronflement de moteur, le bateau quitte enfin le Vieux-Port et prend rapidement de la vitesse. Agathe respire à pleins poumons l'air du large. Des gouttes d'eau fouettent son visage et une espèce de vague à l'âme l'envahit. Elle se sent seule au milieu de cette foule de touristes anonymes, et même le type à la chemise à fleurs qui la dévisage depuis le départ du bateau ne parvient pas à détourner Agathe de sa mélancolie. Il est un bel homme pourtant, mais la famille et les amis lui manquent bien plus que ce qu'elle s'était imaginé.

L'archipel du Frioul se découpe bientôt sur le bleu du ciel, majestueuse silhouette de calcaire. Si Sophie était là, elle n'aurait sans doute pas manqué de préciser que les nombreuses calanques disséminées sur les îles de Pomègues, de Ratonneau ou encore de Tiboulen étaient utilisées comme mouillage du temps de César, puis comme port de quarantaine. Les criques succèdent aux criques, plus belles les unes que les autres. Agathe mitraille le paysage de photos à envoyer tout à l'heure sur WhatsApp. Elle sait que Jonathan les montrera à Victor, comme il le fait tous les jours. Elle se prend en *selfie*, tout sourire, pour rappeler à son mari qu'il existe tout un tas d'autres choses à faire que de construire un *poule house*, aussi réussi soit-il, ou de se casser le dos en jardinant.

Sans qu'Agathe le veuille, la présence d'Emma chez eux la titille. Elle n'y peut rien, c'est juste qu'elle trouve étrange que sa meilleure amie rende visite à son mari quand elle n'y est pas. Elle n'est pas jalouse pourtant, elle ne l'a jamais été, et sans doute n'a-t-elle aucune raison de l'être aujourd'hui, mais cette idée lui chatouille le ventre. Elle se dit que c'est peut-être, tout simplement, parce qu'il s'agit d'Emma, et qu'elle est *sa meilleure amie*.

Le bateau accoste et les passagers regagnent la terre ferme avec l'impression bizarre de tanguer. Le type à la chemisette fleurie se tourne vers Agathe et lui sourit avant de s'éloigner au bras d'une femme dont la robe blanche moulante laisse deviner des courbes harmonieuses. La jeune retraitée sourit elle aussi, flattée comme on peut l'être quand un bel homme accompagné d'une belle femme vous regarde de cette façon-là. Elle s'arrête sur un banc, farfouille dans son sac à la recherche de son téléphone, désireuse de parler un moment avec son mari, mais Victor ne répond pas. Elle appelle alors sur le fixe. Jonathan décroche au bout de la quatrième sonnerie. Il a l'air si heureux de lui parler des poules et de la façon dont il a aidé son père à construire le poulailler qu'Agathe ne se résout pas à lui dire qu'elle trouve quant à elle l'idée détestable.

– Ton père est dans le coin ? demande-t-elle alors. Je n'arrive pas à le joindre sur son portable.

– Non, il est parti tout à l'heure, en même temps qu'Emma.

– Ah ? Et tu sais s'il revient bientôt ?

– Aucune idée. Mais tu connais papa, on sait quand il part, jamais quand il rentre.

Au grand soulagement d'Agathe, Sophie parle. Elle n'arrête pas de parler. De tout, de rien, du temps qui reste au beau fixe à la couleur d'une robe accrochée en vitrine. Agathe l'écoute d'une oreille distraite, elle acquiesce de temps à autre, mais elle ne peut empêcher ses pensées de tourner en rond autour de l'image d'Emma accroupie devant le poulailler, de Jonathan qui la prend en photo et de Victor sans doute pas très loin.

Sophie l'entraîne vers l'entrée d'un bar qu'elle lui présente comme « *le plus branché du quartier* ». Agathe la suit, machinalement, en mode automate. Elle se fait bousculer mais elle y prend à peine garde. Elle ne saurait même pas dire si la personne lui a demandé pardon.

Son cœur, soudain, bondit dans sa poitrine. Elle s'immobilise sur le seuil du bistrot, percutée de plein fouet par les notes de musique tzigane qui arrivent à ses oreilles comme le doux parfum d'un espoir qui, elle le sait à présent, était enfoui à un endroit d'où il ne demandait qu'à ressurgir.

Le beau Pablo

La salle est sombre et Agathe écarquille les yeux pour mieux voir. Son estomac se serre et se tord dans tous les sens quand elle l'aperçoit, aussi troublant que dans ses souvenirs. Elle a envie de s'enfuir, mais déjà Sophie l'entraîne vers une table laissée vacante tout près de la scène.

Pablo tourne la tête dans leur direction, les jambes d'Agathe flageolent quand il lui sourit, et elle se raccroche au bras de la jeune Parisienne pour ne pas s'effondrer. Son cœur cogne dans sa tête, si fort qu'Agathe le supplie de ne pas la lâcher. Une vague de chaleur lui fait bouillir le cerveau et colore ses joues d'un rouge écarlate à peine masqué par la pénombre de la salle. Toutes ses certitudes volent en éclats, elle qui croyait le bel Espagnol relégué au rang des jolis souvenirs dont le temps efface les contours, et qui surgit soudain là, comme sortant de la lampe d'Aladin !

Elle croise le regard interrogatif de Sophie, se reprend très vite et parvient à s'installer sur la chaise la plus proche des musiciens avec un naturel dont elle ne se serait pas crue capable quelques secondes plus tôt. Pablo lui sourit et son sourire la transporte sur un joli nuage blanc au milieu des étoiles. Un frisson remonte le long de ses cervicales quand il s'approche d'elle à l'entracte et qu'il la serre dans ses bras avant de déposer un baiser sur sa joue droite, puis sur la gauche avec une telle tendresse qu'Agathe se sent devenir l'héroïne du plus beau des contes de fées. Elle a envie de crier que le bonheur existe, qu'il est là, à portée de main et si simple à attraper, comme le pompon dans les manèges d'autrefois qui permettait alors de gagner un tour gratuit chaque fois qu'on l'attrapait.

– Tu nous présentes ? demande Sophie.

Encore sous le coup de l'émotion, Agathe bafouille un « *oui, bien sûr* », présente Pablo à Sophie et Sophie à Pablo. Elle n'arrive pas à détacher son regard de celui du gitan, hypnotisée, osant à peine y croire.

– Alors comme ça, tu joues ici ? parvient-elle enfin à dire. Et… tu es là pour plusieurs jours ?

– Jusqu'à la fin de la semaine, ma chère Agathe ! répond Pablo.

Il sourit et la regarde, et Agathe aime les rides de bonheur qui se dessinent sur son visage. Elle aimerait les caresser du bout des doigts mais elle retient son geste. Quand le gitan prend place à leur table, elle détourne sans cesse son regard, mais ses yeux ne lui obéissent pas et reviennent obstinément se poser au fond de ceux de Pablo. Quand leurs genoux se touchent sous la table, quelque chose de très doux envahit son ventre, et ce quelque chose ne la quitte plus jusqu'à ce qu'elle parvienne enfin à s'endormir, au petit matin…

Le soleil est déjà haut quand elle ouvre à nouveau les yeux, la tête encore pleine de rêves troublants. Elle reste allongée un moment à se les repasser, juste pour le plaisir. Elle n'en revient pas. Elle ne se reconnaît plus. Elle, Agathe Mangevin, la retraitée, la grand-mère, la ménopausée dont les dernières bouffées de chaleur étaient censées avoir terrassé définitivement les ultimes sursauts d'une libido déjà bien affaiblie, elle se retrouve à rêver d'un homme qui, par-dessus le marché, n'est pas le sien. Et le sien, justement, choisit cet instant pour l'appeler. Agathe se redresse dans son lit et s'éclaircit la voix avant de décrocher.

– Ah, quand même ! dit-il sans même la saluer.

Victor a l'air aussi furieux que l'autre matin, après l'épisode de l'orage. Mais il faut dire qu'elle avait promis de donner des nouvelles tous les soirs et qu'elle ne l'avait pas fait la veille. Elle n'y avait pas pensé, c'est tout ! Elle pourrait s'excuser auprès de Victor, c'est vrai, lui expliquer qu'elle était en compagnie de Sophie et n'avait pas vu le temps passer, mais elle n'en fait rien.

– J'ai vu qu'Emma était venue te rendre visite, hier ! dit-elle d'une voix aussi hargneuse que celle de son mari.

Victor est pris de court. Il lui demande comment elle sait ça. Agathe lui parle des photos de Jonathan prises devant le poulailler. Mais à l'évocation de la cabane à volailles, Agathe sent sa colère retomber, aussi soudainement qu'elle était apparue, et une fatigue soudaine l'envahit en songeant à ce qui l'attend à la maison.

– Tu as pris combien de poules ? demande-t-elle d'une voix lasse.

– Cinq pour le moment. Une blanche, une noire et trois rouges.

– Ah ?

C'est tout ce qu'Agathe trouve à lui répondre. Elle allume le feu sous la cafetière italienne. Malgré le réveil tardif, elle sent qu'elle a terriblement besoin d'un café ou deux pour refaire surface. La conversation qu'ils ont, elle et son mari, lui paraît étrange, comme s'ils oubliaient l'un et l'autre de se dire les choses. Ils ne se font plus de reproche. Ils causent des poules, des tomates qui commencent tout juste à produire, du temps qu'il fait. Agathe ne lui parle pas de Pablo, et quand Victor lui demande ce qu'elle a fait la veille, elle raconte sa promenade dans les calanques, puis embraie très vite sur un sujet moins périlleux :

– Tu as déjà pris ton billet de train pour le concert de Daniel Guichard ? demande-t-elle.

– Oui, c'est fait, répond Victor. J'arriverai à Montpellier à midi trente-huit le samedi.

À peine quelques heures avant le concert…

– J'ai pris le retour pour lundi matin, poursuit-il, c'est moins cher que le dimanche.

Quand ils en avaient parlé l'autre fois, juste après sa rencontre avec le chanteur, Agathe avait vraiment cru que son mari sauterait sur l'occasion pour rester un moment avec elle. Elle se voyait déjà l'emmener à Bouzigues pour y déguster des céphalopodes au bord de l'étang de Thau, visiter Sète et assister à ses célèbres joutes, grimper jusqu'à la tombe de Georges Brassens et penser un moment à lui comme à un ami disparu, se régaler de poissons qu'ils auraient achetés directement aux pêcheurs. Ensuite, ils seraient partis en direction de Marseillan pour profiter ensemble des bienfaits d'une mer si chaude à cette période de l'année. Mais visiblement Victor en a décidé autrement et Agathe hausse les épaules, à peine surprise de n'être pas plus déçue que ça. L'eau monte dans la cafetière et elle a envie de raccrocher.

– Tiens, tu es où ? demande-t-elle en entendant le bruit du train à travers le combiné.

– Chez Pierre, tu sais, l'oncle d'Emma, répond-il après un moment d'hésitation. Il avait besoin d'un coup de main pour changer quelques planches.

Décidément, se dit Agathe, il s'en passe bien des choses par là-bas, mais pour l'heure elle n'a aucune envie d'épiloguer sur le sujet, bien plus motivée par ce qui l'attend aujourd'hui que par ce qui se passe du côté de Glénic.

Un vieil ours mal léché

Victor enfonce un clou et le marteau atterrit sur sa main. Il peste, jure puis envoie valser l'outil au sol, découragé comme on peut l'être quand on se blesse ou qu'on n'a plus envie de rien. Il balaie le chantier du regard et se dit que pour un foutoir, c'est un sacré foutoir ! Il y en a partout, des planches, des vis, des clous, de la tuyauterie, des machines, de la ferraille, et l'ampleur de ce qui reste à faire lui donne le tournis. Et Victor ne sait plus s'il a vraiment envie de continuer. Ce qui se passe en ce moment avec Agathe lui plombe le moral et il regrette de ne pas lui avoir tout dit dès le début. Et pourtant, tout ce qu'il fait là, c'est pour elle qu'il le fait !

Tout à l'heure au téléphone, par exemple, quand elle avait entendu le bruit du train, il aurait pu sauter sur l'occasion pour lui en parler, mais il avait préféré laisser filer, comme d'habitude. Il faut dire qu'à ce moment-là de la conversation, c'était plutôt tendu entre eux. Victor ne se reconnaît plus. Il ne comprend pas pourquoi il s'énerve autant avec Agathe, à toujours vouloir qu'elle l'appelle le soir. Pourtant, ça lui était arrivé à lui aussi, bien des fois. Quand il partait en déplacement, sa femme était loin d'avoir des nouvelles tous les jours, et elle ne s'en était jamais plainte. Pas comme lui qui ne trouve rien de mieux à faire qu'à grogner comme un vieil ours en captivité. Et puis, Agathe n'avait rien dit, mais il savait bien qu'elle était déçue qu'il ne prenne pas le premier train pour la rejoindre.

Il ramasse le marteau pour le ranger dans la caisse à outils. *Je n'aurais pas dû écouter Emma*, se dit-il pour la énième fois, *pour sûr* qu'ils n'en seraient pas là aujourd'hui. Agathe s'est éloignée et Victor n'a rien fait pour la retenir. Il se sent vieux d'un coup. Vieux et con. Il verrouille la porte du hangar en partant, sans savoir s'il trouvera le courage de revenir cet après-midi.

La maison est déserte, comme tous les jours à cette heure-ci. Victor referme le portail, coupe son portable, active le mode silence sur le fixe, débranche la sonnette et monte directement se coucher. Il retire ses chaussures et se jette sur le lit sans se déshabiller, et le sommeil l'écrase et l'emporte tout habillé dans un endroit où il n'y a pas besoin de se casser la tête à savoir ce qu'il faut faire ou ne pas faire, dire ou ne pas dire…

Des coups redoublés à la porte le tirent du sommeil à peine quelques minutes plus tard. Victor sursaute, regarde autour de lui, complètement hagard. Il était parti si loin qu'il a du mal à revenir. Il se demande s'il n'a pas rêvé. Mais les coups reprennent, plus forts. L'esprit encore ensuqué, Victor descend l'escalier en se tenant à la rampe.

– Ah, quand même ! lui dit Flore quand il ouvre la porte d'entrée. Tu dormais ?

Victor bâille. Il répond que oui.

– Tu peux me garder les enfants une heure ou deux ? le prie-t-elle sans s'inquiéter de savoir si son père, à tout hasard, n'avait pas dans l'idée d'aller se recoucher.

Victor est pris de court. Mélina et Timéo, à qui Flore fait signe de venir, arrivent en courant, font le bisou au papy et se précipitent presque aussitôt en direction du jardin.

– Tu n'entres pas ? demande Victor à Flore qui, elle, ne bouge pas.

– Non, je dois y aller. J'ai un truc important à faire.

– Et tu comptes revenir à quelle heure ? Parce que moi aussi, j'ai des trucs à faire, dit Victor en songeant avec tristesse à son sommeil perdu dont il aurait eu terriblement besoin pour recharger ses batteries.

– Aucune idée, répond Flore en esquissant un demi-tour. Dans une heure ou deux, je te l'ai dit.

– Et c'est quoi que tu as de si important à faire que tu peux pas garder tes enfants avec toi un samedi ? Et Rodolphe, il pouvait pas non plus, lui ? insiste Victor qui n'a aucune envie de laisser sa fille s'en tirer à si bon compte.

Flore fronce les sourcils, trouve son père décidément bien bougon ces derniers temps, mais à sa décharge, il a des raisons de l'être, avec sa femme qui se barre sans lui à peine arrivée à la retraite.

– Rodolphe est avec sa maîtresse, à l'hôtel, lui dit-elle, les yeux brillants de colère. Cet idiot a encore laissé traîner son portable. Et cette fois-ci, je compte bien le prendre sur le fait !

Victor la regarde descendre les marches, grimper dans sa voiture, démarrer en trombe et tourner le coin de la rue dans un crissement de pneus. Il se dit en refermant la porte que si leur fille aînée a hérité du caractère de la grand-mère Mangevin, elle tient pas mal de sa mère aussi !

Agathe est une jolie poulette

Timéo escalade le toboggan à contresens, inlassablement. Et à mi-hauteur, il se laisse redescendre à l'envers, sur les genoux. Près de lui, Mélina se balance doucement, perdue dans des pensées pas très joyeuses à l'idée de ce qui les attend à la maison tout à l'heure. Maman avait l'air très en colère quand elle les avait déposés chez papy et la petite craint que, de nouveau, elle se mette à crier contre papa, comme elle l'avait fait l'autre jour. Mélina s'était enfermée dans sa chambre, elle avait pressé les mains contre ses oreilles, mais le peu qu'elle entendait lui avait suffi à avoir peur que ça recommence.

Victor s'installe dans l'herbe près du portique de jeux. Il ne se sent pas le courage de jouer avec les petits comme il le fait d'habitude si volontiers.

– Regarde, papy, s'écrie Timéo, je suis tout en haut !

Victor sourit. Il le félicite. L'herbe est douce sous ses mains et il cède à l'envie de s'allonger un moment. Il se laisse bercer par le mouvement régulier de la balançoire. Il ferme les yeux et le sommeil l'emporte, si loin à nouveau qu'il n'entend ni Timéo qui crie en se laissant à nouveau glisser vers l'arrière, ni le chien des voisins qui aboie, ni son portable qui sonne sur la table de la terrasse.

À plusieurs centaines de kilomètres de là, Agathe sirote son café en souriant. Elle passe un doigt sur ses lèvres, doucement. Elle ferme les yeux et peut presque sentir celles de Pablo, douces, sensuelles, et le rouge lui monte aux joues… *Comme souvent ces derniers temps*, songe-t-elle en étouffant un petit rire. Elle sait qu'elle a franchi hier soir une limite que jamais elle n'aurait imaginé transgresser un jour, mais comment aurait-elle pu faire autrement ? Elle répète le prénom de Pablo, doucement, plusieurs fois, les yeux toujours clos. Le baiser qu'ils ont échangé dans la pénombre du bar, alors que Sophie était déjà sortie, était si délicieux que non seulement elle n'arrive pas à se sentir coupable, mais qu'en plus elle en redemande. Mais aussi… comment aurait-elle pu lui résister ? Toute la soirée, Pablo n'avait cessé de la regarder, et, alors que la nuit s'avançait et que le bar se vidait, il avait entonné cette chanson de Fernandel dont elle croyait être la seule à se souvenir.

Agathe est une jolie poulette, qu'a du chien. Ses yeux bleus – les siens sont bruns, mais qu'importe… – *son nez en trompette* –, pas très exact non plus –, *moi j'y tiens, Elle a un défaut qui m'agace, c'est un rien, Elle veut jamais que je l'embrasse, c'est pas bien !*

Agathe avait eu chaud, très chaud, et ses joues, une fois encore, avaient pris la teinte d'une cœur-de-bœuf au plus fort de l'été. Le pire, c'est quand Pablo était arrivé au dernier couplet.

Agathe, Agathe, Agathe, alors là, vrai, tu m'épates, J'en reste comme une tomate, enfin tu es dans mes bras ! Mon cœur, mon foie, ma rate, c'est pour toi ma petite chatte, Tu m'mets dans tous les états, Agathe, merci de m'faire ça !

Pablo l'avait regardée droit dans les yeux et tout en elle avait définitivement dégringolé comme un château de sable emporté par les vagues, et elle avait su alors qu'elle fondrait dans ses bras aussi sûrement qu'une boule de glace au soleil.

Elle chante sous la douche et se maquille avec soin pour que son bel Espagnol ne soit pas déçu quand il la reverra à la lumière du jour. Le bronzage lui donne bonne mine et elle aime l'image que lui renvoie le miroir. Elle rit toute seule. Elle se sent jeune. Elle se sent belle. Elle chantonne. Elle est heureuse. Elle choisit dans sa garde-robe des vêtements confortables, short et débardeur bleu turquoise assortis d'une bonne paire de baskets montantes. Pour ce soir, elle a déjà mis de côté sa robe blanc et rose, celle qui laisse deviner la dentelle du soutien-gorge quand elle se penche vers l'avant.

Garé de l'autre côté du parking, le camping-car de Sophie n'a pas bougé depuis la veille, aucun volet n'est remonté et Agathe en conclut que la jeune Parisienne dort encore. Elle n'a pas le temps de s'en assurer que Pablo franchit l'entrée du parking, au volant de son VW vert amande, et le cœur d'Agathe se met à battre très fort et très vite. Elle le trouve encore plus craquant que la veille dans sa chemisette blanche à col Mao et son bermuda rouge.

Elle s'était imaginé courir vers lui, sauter dans ses bras, coller sa bouche contre la sienne pour en retrouver le goût, mais elle reste immobile, incapable du moindre mouvement. Pablo s'approche, tranquillement, sans se presser. Il sourit mais ses yeux sont graves. Agathe est en mode panique. Elle ne sait pas si elle doit lui tendre la joue ou les lèvres. Pablo pose la main sur son bras, délicatement, comme une caresse, il approche d'elle son visage et dépose un baiser tout près de la commissure des lèvres. Agathe tremble. Elle transpire. Ses mains deviennent moites et son ventre se serre. Elle tourne légèrement la tête et ferme les yeux, prête à accueillir en elle ce nouveau convoi de bonheur.

Un bruit de moteur, soudain, la fait sursauter. Elle recule vivement, redescend sur terre, se dit qu'elle n'est pas prête à faire ce genre de choses, en tout cas pas devant témoin. Pablo la regarde, Agathe lit l'étonnement dans son regard, alors elle rit bêtement pour se donner une contenance.

Salut bissàmme !

Son rire s'arrête net quand elle reconnaît les nouveaux arrivants. Agathe aimerait pouvoir se transformer en autruche, là, tout de suite, et enfoncer sa tête dans le sable pour qu'on ne la voie plus, ou se draper dans une cape d'invisibilité, mais déjà Jean-Pierre, sa casquette du Tour de France vissée sur le crâne, crie son nom en descendant de son camping-car. Agathe parvient, elle ne sait comment, à garder son sang-froid, et même à lui sourire. Après tout, les Alsaciens ne l'ont sans doute pas vue tout de suite, Jean-Pierre devait être bien plus concentré par le fait de trouver une place qu'à regarder de son côté. Quant à Claudine, elle ne pouvait pas les voir, à moins de se pencher en avant pour zieuter par-dessus l'épaule de son mari, et Agathe se raccroche à cette idée comme si elle était la seule possible.

– Alors ça, c'est incroyable ! s'exclame le nouveau venu en souriant de toutes ses dents mal alignées et jaunies par le temps. Agathe !

Incroyable, en effet...

– Ben ça alors, si on s'attendait à te voir ici, ça fait plaisir ! renchérit Claudine en l'embrassant, et sa poitrine volumineuse touche un instant celle d'Agathe qui, à cet instant précis, en déteste le contact.

Et moi donc... songe la jeune retraitée qui fait tout son possible pour paraître aussi réjouie que les Alsaciens. Mais elle aimerait bien comprendre par quelle mauvaise ironie du sort elle se retrouve aujourd'hui en face de ce couple croisé à l'autre bout de la France, alors que le monde est si vaste et la ville de Marseille aussi étendue !

– Vous ne devriez pas être en Italie ? demande-t-elle en se rappelant leur dernière conversation.

– Oh ben, tu sais bien comment c'est avec le camping-car, répond Jean-Pierre, plus rapide que son épouse, on tourne, on vire, on...

– Bonjour tout le monde ! entend-on alors.

Sophie s'approche du groupe, rayonnante et les chaussures de marche déjà aux pieds. Pablo l'accueille en l'embrassant sur chaque joue. Sa main se pose sur le bras de la jeune femme et Agathe ne peut s'empêcher de ressentir, d'une manière totalement irrationnelle elle le sait, une pointe de jalousie. Car après tout, c'est elle que Pablo a embrassée, pas cette jolie jeune femme de vingt-huit ans sa cadette, *n'est-ce pas* ?

Elle se charge des présentations, attentive aux réactions de Jean-Pierre et de Claudine quand elle leur présente Sophie, puis Pablo, vers qui elle n'ose plus se tourner par peur de se transformer à nouveau en cœur-de-bœuf. Mais elle ne discerne aucun clin d'œil suspect, ni même un regard appuyé ou interrogatif. Ils ne savent pas, ils n'ont rien vu, et Agathe respire et rit bêtement à une anecdote de route relatée par Claudine avec son accent à couper au couteau.

– Il ne faudrait pas trop traîner, dit alors Sophie. Il fait déjà chaud et je vous rappelle qu'on en a pour un moment si on veut faire tout ce qu'on a prévu.

Si Agathe n'était pas aussi soulagée par cette diversion, elle trouverait à Sophie un toupet monumental de vouloir faire activer tout le monde alors qu'elle est arrivée la dernière.

– Nous pareil, on s'est inscrits pour la promenade en bateau, s'exclame alors Claudine. Tu te rappelles, Agathe, on en avait parlé l'autre fois.

– Oui, bien sûr ! répond l'interpellée, soulagée d'apprendre qu'ils ont déjà prévu leur programme du jour et ne chercheront pas à se joindre au leur. Je l'ai déjà fait. Vous verrez, c'est magnifique !

Ils échangent encore quelques mots tandis que Sophie et Pablo s'éloignent vers le VW, prêts à prendre la route.

– Et Victor, il est où ? demande alors Jean-Pierre en tournant la tête de tous côtés.

– Oh, à la maison, élude la jeune retraitée en se forçant à prendre un air détaché. Mais on en reparle ce soir, si vous voulez. Vous serez encore là, n'est-ce pas ?

Agathe espère de tout cœur que la réponse sera négative, non pas que cette rencontre ne lui fasse pas plaisir, mais pas là, pas aujourd'hui, alors qu'elle ne rêvait que de passer la soirée dans les bras du beau Pablo.

– Oui, bien sûr, acquiesce Claudine tout sourire. On vous attend pour l'apéro, toi et tes amis.

Et le clin d'œil tant redouté arrive alors, et Agathe aurait voulu ne jamais les croiser sur ce parking. Elle rejoint les autres sans même penser à leur demander des nouvelles de leur fille. Elle redoute déjà ce moment où ils l'interrogeront à nouveau sur son mari et elle espère de tout cœur que Pablo a déjà prévu autre chose pour la soirée. Ou que s'il est là, ils ne se trahiront pas. Agathe songe tristement qu'elle a jusqu'au soir pour lui avouer qu'elle est mariée et que les nouveaux venus connaissent son mari.

– Salut *bissàmme*, dit alors Jean-Pierre à la cantonade en s'éloignant aux côtés de Claudine.

Son accent alsacien arrache un sourire aux trois autres qui saluent en retour, imaginant comme il se doit que le mot *bissàmme* signifie « tout le monde », mais les uns comme les autres seraient bien incapables d'en trouver l'orthographe si on leur posait la question, d'autant plus que ce mot étrange se prononce *pissômeu.*

Face à la mer

Aux côtés d'Agathe, Pablo sifflote. Elle reconnaît la mélodie de *I've Got the Blues* et elle sourit malgré l'angoisse qui lui tord encore le ventre à l'idée de devoir lui expliquer pour Victor. Elle n'arrive pas à se décider. Elle repousse sans cesse le moment, comme s'il allait se passer un miracle qui la dispenserait de cette corvée.

Devant eux, Sophie avance d'un bon pas et Agathe fait son possible pour tenir le rythme, même si tout le monde sait bien qu'à soixante-deux ans on n'a plus autant la pêche qu'avant. Surtout quand on a passé une partie de sa vie à fumer. Elle ne parle plus pour économiser son souffle. Elle se concentre sur les mollets de Sophie, bronzés, musclés et qui lui rappellent ceux des cyclistes. Quand Pablo leur avait proposé une expédition pédestre dans le quartier de L'Estaque, elles avaient tout de suite dit oui, mais Agathe n'avait alors pas pensé à la chaleur écrasante qui coupe la respiration et scie les jambes. Comme s'il avait compris, Pablo s'arrête au bord du chemin. Les mains sur les hanches, il se plante face à la mer.

– Magnifique, n'est-ce pas ? demande-t-il en se tournant vers Agathe qui arrive à sa hauteur, soulagée par la perspective d'une pause.

– Oui, dommage que le coin soit si pollué, remarque Sophie en lâchant un soupir, un peu essoufflée elle aussi. J'ai lu que la plupart des puits et des sources du coin sont taris ou contaminés.

Ni Agathe ni Pablo ne rebondissent sur ses paroles. La vue est splendide, le vent doux et léger emporte leurs cheveux, et Agathe est troublée quand ceux de Pablo caressent son visage.

– Renoir considérait cet endroit comme le plus beau du monde, dit-il. Mais l'histoire ne mentionne pas s'il avait eu l'occasion d'y venir en aussi charmante compagnie, poursuit-il plus bas pour que seule Agathe puisse l'entendre.

Agathe rougit, comme de bien entendu, et murmure un merci à peine audible. Sophie sort une gourde de son sac, avale une gorgée d'eau déjà tiède, en recrache une partie tant le goût lui paraît désagréable.

– Oui, mais la région n'a pas inspiré que Renoir, rétorque-t-elle, il y a aussi eu Georges Braque, Paul Cézanne, Derain, Dufy, et quelques autres dont j'ai oublié les noms. Vous saviez qu'au XIXe siècle, les collines étaient couvertes de pins ? C'est l'industrie et les incendies qui les ont détruits, au XXe siècle.

Comme tout à l'heure devant l'église Saint-Pierre-ès-Liens, Sophie partage ses connaissances historiques à propos du lieu et Agathe décroche. Sa main rencontre celle de Pablo, leurs doigts s'effleurent, se cherchent, s'emmêlent. Mais son portable choisit ce moment-là pour sonner et brise net la magie de l'instant. Agacée par cette interruption, Agathe fait rapidement glisser son sac vers l'avant et sort le téléphone de la petite poche pour le faire taire le plus vite possible. Elle voit s'afficher la photo de son mari, appuie sur le rouge.

– On continue ? dit alors Sophie en reprenant la marche.

Agathe n'a pas le temps de ranger son appareil qu'une nouvelle sonnerie lui indique un message. Elle s'arrête pour prendre le temps de l'écouter, parce que, après tout, Victor doit avoir quelque chose d'important à lui dire pour chercher à la joindre en plein milieu de l'après-midi. Pablo s'est arrêté un peu plus haut. Il lui sourit et elle le trouve incroyablement sexy, avec sa chemisette juste assez ouverte pour laisser voir son torse bronzé où elle rêve d'appuyer son visage. Elle lui sourit elle aussi, fait signe qu'elle arrive, active la messagerie.

Son sourire disparaît alors qu'elle écoute le message. Elle blêmit, raccroche et rappelle aussitôt. C'est une Mélina complètement paniquée qui lui répète encore une fois que papy ne se réveille plus. Agathe s'accroche des deux mains au combiné. Des larmes lui montent aux yeux. Elle aimerait pouvoir prendre la petite dans les bras, être là pour prévenir les secours, et elle regrette, soudain, de se trouver à une telle distance de la maison.

– Tu as appelé qui à part moi ? demande-t-elle en s'obligeant à rester calme pour que Mélina ne s'inquiète pas davantage.

– Papa, maman, tonton Jonathan, tatie Mady, répond la petite au bord des larmes, mais personne ne décroche.

Agathe réfléchit très vite. Comme lorsqu'elle était infirmière, c'est le professionnalisme qui reprend le dessus.

– Tu as appelé les secours ?

– Non, rétorque une Mélina sur le point de craquer, je me rappelle plus le numéro.

– Ne t'inquiète pas, ma puce, je m'en occupe !

Pablo et Sophie attendent toujours, un peu plus haut, mais Agathe ne se laisse pas distraire. Elle promet à Mélina de lui envoyer très vite une voisine pour s'occuper d'eux jusqu'à l'arrivée de l'un ou l'autre membre de la famille. Mais la première à devoir être informée, se dit Agathe dans le feu de l'action, c'est Emma. Elle tombe directement sur son répondeur, lui laisse un message, clair et concis, puis compose le 15. Elle explique la situation, le plus calmement possible, confirme deux fois l'adresse, appelle Mme Gontrand, la voisine, qui lui promet de rejoindre immédiatement les petits.

Agathe range son portable dans son sac, à moitié groggy. Elle se sent démunie de ne pouvoir en faire plus. Elle imagine Victor gisant sur la pelouse et les petits qui ne parviennent pas à le ranimer parce qu'il est mort, et Agathe se dit que jamais elle n'aurait dû partir de chez elle, que si elle était restée près de son mari, comme toute épouse qui se respecte, au lieu de courir le monde à la recherche d'un hypothétique bonheur, elle aurait sans doute pu faire quelque chose, lui donner les premiers soins, appeler les secours, au lieu de devoir laisser une petite fille de cinq ans le faire à sa place.

Quand le destin s'acharne

Des larmes obscurcissent ses yeux et Agathe ne voit plus rien autour d'elle, ni la garrigue, ni le romarin, ni même le bleu de la mer. Elle sait déjà que la route jusqu'à la maison va lui paraître très longue, et le sentiment d'avoir abandonné le navire lui fait chavirer le cœur. Bien sûr, elle a fait ce qu'elle a pu. Les enfants, déjà, ne sont plus seuls. Les secours seront vite sur place, et Agathe sait qu'Emma fera son possible pour que Victor soit pris en charge dans les meilleures conditions.

Pablo et Sophie redescendent le chemin. Agathe entend leurs pas sur les cailloux. Elle relève la tête et son regard est si triste et si désemparé que Pablo la prend dans ses bras, sans dire un mot. Agathe se blottit au creux de son épaule. La tête posée dans son cou, elle respire son parfum, longtemps, pour pouvoir s'en rappeler le goût une fois qu'elle sera loin de lui. Ses cheveux lui chatouillent le visage et des larmes roulent sur ses joues.

– C'est mon mari, finit-elle par avouer en s'écartant de Pablo, il ne se réveille plus.

Pablo ne dit rien. Il fronce les sourcils et Agathe ne sait pas si elle doit y voir là un signe de reproche.

– Je rentre, poursuit-elle et ces deux mots lui arrachent le cœur et résonnent en elle comme la fin d'un beau rêve.

Elle n'a pas le choix. Bien sûr, certains bien-pensants diraient stupidement qu'on a toujours le choix mais Agathe, encore une fois, n'est pas d'accord. Elle ne peut pas abandonner Victor. C'est près de sa famille qu'elle doit se trouver, et certainement pas sur la colline de L'Estaque à désirer un homme qu'elle connaît à peine et qu'elle oubliera peut-être un jour, pense-t-elle en ravalant ses sanglots.

Le retour en VW jusqu'au parking où l'attend son camping-car n'a pas la même saveur qu'à l'aller. Sophie s'est installée à l'arrière, sur le clic-clac de Pablo, et Agathe regarde tristement défiler le paysage par la vitre passager. Pablo s'inquiète de savoir si elle sera en état de conduire et Agathe lui répond d'une voix résignée qu'il faudra bien. Le silence s'installe entre eux et ce silence semble peser plus lourd dans le cœur d'Agathe que la chape de pollution qui sature l'air et lui irrite la gorge. Le bruit de la ville envahit l'habitacle, mélange de coups de klaxon, de ronflements de moteurs et de cris de gens qui s'interpellent.

Un texto d'Emma arrive au moment où ils arrivent à destination et Agathe ne se rend pas compte à quel point le parking est désert. Beaucoup trop désert. Le message est bref mais suffisant pour la rassurer. Victor est vivant et en route pour l'hôpital. Agathe respire. Elle lève la tête, prête à annoncer la bonne nouvelle à Pablo, mais la façon dont il la regarde la stoppe net dans son élan.

– Ma pauvre Agathe, je crois qu'il y a un autre souci, dit-il.

Les yeux d'Agathe suivent la direction que Pablo lui montre du bras. Elle se frotte les yeux. Elle n'y croit pas. Elle ne peut pas y croire. Il manque quelque chose près du camping-car de Sophie : *son Baby !* Disparu ! Volatilisé ! Agathe se pince et la douleur est si vive qu'elle est bien forcée d'admettre que le cauchemar est réel. Elle balaie l'espace du regard. Tout y est. Le bureau de tabac à l'angle de la rue, le panneau qui indique le centre-ville, le bar et sa terrasse bondée. Elle secoue son bras en signe d'impuissance. Ses bracelets s'entrechoquent et elle déteste le bruit qu'ils font en se cognant. Elle a l'impression que quelqu'un, quelque part, veut la punir de quelque chose. Elle s'imagine un instant dans le rôle de la poupée vaudou, et cette pensée la terrifie.

Le policier qui prend sa déposition la regarde bizarrement, et Agathe veut bien reconnaître qu'elle doit avoir l'air d'une folle, avec sa voix qui grimpe dans les aiguës, ses cheveux collés par la sueur et le maquillage qui a coulé sur ses joues. Derrière son guichet, le type est beaucoup trop lent, il pose trop de questions, style pourquoi elle voyage seule, quelles sont ses relations avec Sophie et Pablo et autres inutilités du même genre. Il prend les pièces d'identité, les examine les unes après les autres avec soin, et Agathe, dont la patience atteint ses limites, lui demande s'il en a encore pour longtemps. Visiblement, c'était pile le truc à ne pas dire, et elle a beau expliquer que son mari est à l'hôpital, peut-être mourant, le policier poursuit ses écritures sur l'ordinateur au même rythme, voire encore plus lentement qu'avant, et Agathe a très envie, soudain, de lui tordre le cou.

– Si vous voulez bien signer là, madame Mangevin, dit-il en esquissant un sourire, dû sans doute à son nom de famille, songe Agathe en serrant les dents.

Elle ravale son agacement, et s'efforce de teinter sa voix d'humilité pour savoir quelles recherches seront mises en œuvre pour retrouver son véhicule, et le policier lui répond, d'une voix forte pour en faire profiter les collègues, qu'un appel va être lancé à tous les commissariats de France et de Navarre, que des tracts avec la photo de son camping-car vont être imprimés par milliers et collés à tous les coins de rue, et que l'état-major de la Police nationale fera appel à l'armée si les forces de police de la région ne suffisent pas.

Très drôle !

Agathe se retient de toutes ses forces pour ne pas taper un grand coup sur le comptoir ou envoyer son sac à la figure du flic pour effacer son sourire narquois. La chaleur monte vers le sommet de son crâne, exactement comme à l'époque où les bouffées de chaleur la prenaient par surprise à n'importe quelle heure du jour ou de la nuit. Pablo lui prend la main et Agathe s'apaise à son contact. Un autre policier, qui a suivi la scène, s'approche d'eux. Il conseille à Agathe de prévenir au plus vite son assurance et lui affirme qu'ils feront leur possible pour retrouver son véhicule. Sa voix est douce et Agathe reprend espoir.

Dans le hall de la gare Saint-Charles, Pablo lui tient toujours la main. Il est désolé pour elle. S'il avait pu, lui dit-il, il l'aurait ramenée chez elle. Il comprend parfaitement qu'elle veuille rejoindre son mari au plus vite. Il ne lui reproche pas de lui en avoir caché l'existence. Il lui redit à quel point il a aimé les moments qu'ils ont passés ensemble. Il la serre très fort dans ses bras et Agathe monte dans le train, les yeux brouillés de larmes et le ventre aussi douloureux que si elle avait mangé un kilo de pommes pas mûres. Ce n'est que quelques heures plus tard qu'elle pense à envoyer un message à Claudine pour l'informer de sa mésaventure, et quand l'Alsacienne essaie de la rappeler, Agathe ne décroche pas. Elle ne s'en sent pas le courage.

La famille s'organise

Depuis qu'il est sorti de l'hôpital, Victor affiche une mine si triste qu'Agathe ne sait plus comment s'y prendre pour l'aider à se dérider. Même la perspective d'aller au concert de Daniel Guichard le week-end prochain ne suffit pas à le mettre de bonne humeur. Pas plus qu'Agathe, d'ailleurs, qui s'était tant réjouie d'y aller avec le *Baby*.

Elle regarde un moment son mari qui somnole sur la chaise longue, à l'ombre du peuplier. Victor dort presque tout le temps. Il est constamment fatigué. Il ne se plaint pas, simplement il ne dit rien ou alors pas grand-chose. Les médecins ne savaient pas vraiment ce qui s'était passé. Victor s'était endormi, aussi profondément que s'il tombait dans le coma, et aucune explication rationnelle n'avait pu être apportée malgré la panoplie d'examens à laquelle il avait eu droit.

Il peine depuis lors à sortir de sa léthargie. Il n'a envie de rien. Il ne s'intéresse plus à son potager et les mauvaises herbes auraient sans doute eu raison de son carré de légumes si les enfants n'avaient pas décidé d'en prendre soin. Ils aiment trop les salades de tomates au basilic et les ratatouilles pour les laisser gâcher, disent-ils, mais Agathe les soupçonne de faire ça plus pour leur père que par intérêt personnel. Victor ne s'occupe plus non plus des poules, c'est Jonathan qui a pris le relais ; et, au grand étonnement d'Agathe, il a l'air d'y prendre du plaisir. Avec les petits, ils ont donné un nom à chacune d'entre elles et Mélina arrive même à faire sauter la Lisbeth, une jeune poularde blanche bien dodue, à travers un cerceau.

Les filles passent presque tous les jours à la maison. En général, Flore vient juste avec les enfants, rarement avec Rodolphe, non pas parce qu'ils sont toujours fâchés, mais simplement parce que son mari est complètement débordé en ce moment. Ils ne parlent plus de divorce.

L'autre jour, quand Flore avait ramené les petits à leur grand-père, ce fameux après-midi où Victor s'était endormi profondément et pour de longues heures, Rodolphe n'était pas allé voir sa maîtresse, avec qui il avait bel et bien rompu. D'ailleurs, à la suite de ce fameux message où la belle lui fixait rendez-vous, il avait expliqué à son épouse qu'il avait purement et simplement bloqué son numéro. Flore refuse encore de se prononcer sur l'avenir de leur couple, elle dit que la confiance sera sans doute longue à revenir, mais Agathe est optimiste. Ces deux-là s'aiment, c'est évident !

Comme elle et Victor, sans doute... se dit-elle en se resservant une orangeade, plus pour passer le temps que par véritable soif. Son portable, posé sur la table, sonne à ce moment-là et lui évite d'épiloguer sur le sujet. Elle soupire en voyant s'afficher Claudine.

– Désolée, déclare-t-elle aussitôt, je ne t'ai pas rappelée l'autre jour.

Claudine lui assure qu'elle n'a pas à s'en inquiéter, qu'elle sait ce que c'est. Elle est soulagée d'apprendre que Victor va mieux et partage immédiatement la bonne nouvelle avec son mari dont le « *Yo hop*, tant mieux » fait sourire Agathe.

– On est remontés en Alsace, lui annonce alors Claudine d'un ton surexcité. On revoit notre fille.

C'est au tour d'Agathe d'être contente pour eux, et sa joie monte encore d'un cran lorsqu'elle comprend que Jean-Pierre et Claudine ne se doutent de rien, pour elle et Pablo. Les deux femmes se promettent de se donner des nouvelles très vite et Agathe abrège la conversation pour laisser le champ libre à un éventuel appel de la police. Le numéro à quatre chiffres qui s'affiche à peine quelques minutes plus tard pourrait bien être celui d'une administration, et elle décroche, le cœur battant. Son camping-car a été retrouvé ! Agathe note le numéro du garage, remercie l'agent de police. Elle est si heureuse qu'elle se précipite vers Victor pour lui annoncer la bonne nouvelle.

– C'est bien, se contente-t-il de répondre sans même esquisser l'ombre d'un sourire, les paupières toujours à moitié closes.

Agathe est désarçonnée, déstabilisée, mais elle ne veut pas laisser gâcher son bonheur. Elle lui donne des nouvelles des Alsaciens, mais là non plus Victor ne réagit pas. Déjà, il referme les yeux et Agathe retourne vers la terrasse pour appeler le garagiste. La sonnerie retentit un long moment dans le vide avant que quelqu'un décroche. La jeune retraitée est si heureuse à la perspective de retrouver son cher *Baby* qu'elle en pleurerait presque, mais son plaisir se teinte très vite de mélancolie quand elle comprend qu'il lui faudra attendre deux à trois semaines avant de pouvoir le récupérer, le temps que toutes les réparations soient terminées. *Trop tard pour le concert,* songe-t-elle tristement. Elle a regardé sur le Net, impossible de dégoter une chambre à Montpellier à moins de cent cinquante euros la nuit. Et encore, il n'en restait que deux aux dernières nouvelles.

S'ils étaient en face d'elle, Agathe collerait volontiers une paire de baffes aux trois jeunes voleurs. Le plus âgé des trois, dix-sept ans à peine – *le plus idiot aussi sans doute,* se dit-elle –, n'a rien trouvé de mieux à faire que d'oublier son portable sur le siège conducteur. C'est grâce à ça qu'ils ont pu être rapidement interpellés, lui a expliqué le flic. Ils se sont enfuis après avoir percuté une conduite de gaz, lui a-t-il aussi raconté, et Agathe imagine le pire. Il faut absolument qu'elle aille y voir de plus près. Et aussi qu'elle récupère ses affaires personnelles, vêtements, maquillage et tout le reste. Il est beaucoup trop tard pour prendre la route aujourd'hui et Agathe remet son expédition au lendemain malgré l'impatience qui la dévore.

– Je dois aller à Marseille, annonce-t-elle un peu plus tard à Victor, alors qu'il se décide enfin à quitter sa chaise longue. J'en profiterai pour remettre un peu d'ordre à l'intérieur du camping-car. Il paraît qu'ils ont tout fichu en pagaille. Tu veux m'accompagner ?

Elle pose la question comme ça, par simple politesse, ou par habitude, mais elle sait pertinemment que Victor n'est pas en état de le faire. D'ailleurs, elle n'est pas certaine d'en avoir très envie.

– Je passerai la nuit chez Éliette, ajoute-t-elle, je ne me vois pas faire un aller-retour dans la journée.

Et les pensées d'Agathe s'envolent, encore une fois et sans qu'elle puisse les retenir, vers des contrées plus ensoleillées où le plaisir se joue sur un air tzigane…

Pauvre Baby...

Impatiente de prendre la route, elle jette un œil à Victor qui n'a pas bougé de sa chaise depuis ce matin. Elle consulte l'heure sur son portable, s'assure qu'aucun message ne s'y affiche. Mady devrait déjà être là. Elle doit rester avec son père jusqu'à ce que Jonathan rentre du boulot. Personne n'a envie de laisser Victor seul en ce moment. Agathe évite de se poser trop de questions sur leur avenir. Elle chasse sans cesse l'image de leur couple en perdition, de ces jours qui succèdent aux jours, semblables les uns aux autres, et de la vieillesse qui les prend et les emprisonne et contre laquelle il est impossible de lutter.

La sonnette de l'entrée retentit enfin, et Agathe se précipite dans le couloir pour aller ouvrir à leur fille, mais c'est Emma qui se tient devant la porte, la mine inquiète.

– Victor va mieux ? demande-t-elle en l'embrassant.

– Hélas, non. Et Mady n'est toujours pas arrivée, je ne vais pas pouvoir partir tout de suite.

– Mais si, bien sûr que tu peux, puisque je suis là !

Un sourire, petit certes, mais un sourire quand même, éclaire un instant le visage de Victor quand Emma se penche vers lui pour l'embrasser sur la joue. L'instant, bien que fugace, n'échappe pas à Agathe, mais elle a bien trop à faire pour s'attarder sur la question.

Au bout de trois heures et quelques elle n'en peut plus et sa mauvaise nuit la rattrape au tournant et lui fait battre des paupières tandis que les kilomètres d'autoroute s'enchaînent dans une monotonie sans nom. Elle bâille et se résout à faire une pause, le temps de se dégourdir les jambes et d'avaler un ou deux cafés salvateurs. Et aussi d'envoyer un message à Pablo pour l'avertir de son arrivée. Elle ne sait pas encore si elle passera la nuit dans son VW, elle essaie d'imaginer la chose et les images qui lui viennent la ravissent et lui font peur tout à la fois.

Une autre image, troublante elle aussi, lui revient à intervalles réguliers, et elle a chaque fois du mal à la chasser. Le sourire de Victor quand Emma s'était penchée vers lui la hante et la dérange. Mais après tout, Victor peut bien sourire à Emma, travailler dans le hangar de son oncle ou l'accueillir pour lui présenter ses poules que ça ne fait pas d'eux des amants éperdus ! Elle se fait des idées, voilà tout ! Pourtant les idées aussi ont leur avantage : elles aident à tenir le coup quand la route est longue et la fatigue persistante.

Le garage, fort heureusement, se trouve en banlieue de Marseille et non pas en plein centre comme Agathe l'avait redouté. Elle le repère tout de suite en franchissant le portail, et la vue de son pauvre *Baby*, tout ratatiné de l'avant, pauvre amas de tôles froissées, lui donne envie de pleurer. Mais elle n'est pas au bout de ses surprises et elle ne peut empêcher ses larmes de couler pour de bon en découvrant le désordre indescriptible que les voyous ont laissé à l'intérieur du véhicule. Elle serait incapable de dire ce qui l'écœure le plus entre la vision de ses vêtements jetés à terre, celle du lit défait ou l'odeur nauséabonde qui émane des toilettes.

Pendant plus de deux heures, Agathe brique, et frotte, et range, et pleure, et se mouche. Le garagiste est moyennement ravi qu'elle fasse ça sur son parking, mais il a décidé de la laisser agir parce que cette pauvre dame lui a fait de la peine, tout à l'heure, quand elle a découvert le massacre. Il jette un œil de temps à autre vers le camping-car, mais la femme n'a toujours pas terminé. Il faudra qu'il pense à lui dire qu'elle ne pourra pas dormir là ce soir et qu'il n'attendra pas après dix-neuf heures pour fermer le portail. Il est soulagé de la voir se diriger vers le comptoir à dix-huit heures trente. Agathe lui tend les clefs et le supplie une nouvelle fois de faire au plus vite, mais le garagiste ne peut que lui répondre à nouveau qu'il fait comme il peut et que de toute façon l'expert de l'assurance n'est pas encore passé.

Et Pablo qui ne la rappelle pas ! Agathe sait qu'il a bien reçu son message, elle a eu l'accusé de réception. Elle fait trois fois le tour de la ville, scrute toutes les places de parking, manque d'écraser un piéton, cale au feu rouge, peste pour trouver de la place et fonce vers le bar où il jouera sans doute ce soir. Mais quand le serveur lui dit ne pas avoir de nouvelles depuis plus d'une semaine, Agathe se retient pour ne pas crier sa peine et sa rage, ce trop-plein de trop de mauvaises choses qui lui lacèrent le ventre et lui retournent l'estomac, et elle a beau se dire que Pablo, peut-être, a perdu son portable, ou qu'on le lui a volé, rien n'y fait. Elle se sent seule, abandonnée…

La route entre Marseille et Draguignan lui paraît interminable et elle se gare devant la maison d'Éliette en ravalant une nouvelle fois ses larmes, épuisée, déçue, au bout du rouleau, mais terriblement soulagée d'être enfin arrivée. Visiblement, la cousine a déjà attaqué l'apéro et très vite Agathe se joint à elle. Mais elle ne peut rien avaler de solide, ni les œufs au plat qu'Éliette lui propose, ni le morceau de fromage qu'elle lui tend ensuite. Elle se nourrit de pastis, et de rouge, et d'un vieux marc que sa cousine garde pour les grandes occasions. Elle lui raconte tout et Éliette l'écoute sans l'interrompre, comme elle le faisait déjà quand elles étaient petites et qu'Agathe avait le cœur chamboulé, la plupart du temps à cause d'un garçon. Comme autrefois, la cousine ne porte aucun jugement mais elle avoue vivre beaucoup plus sereinement depuis que son mari, *paix à son âme*, n'est plus de ce monde, et que, ma foi, une aventure de temps à autre ne nuit pas, *n'est-ce pas ?* ajoute-t-elle en gloussant.

Agathe est sur le point de sombrer dans un sommeil sans fond quand son téléphone vibre, annonciateur d'un texto, et quand le visage du bel Espagnol s'affiche à l'écran, elle ne peut retenir ses larmes. Cette photo, elle l'avait prise à L'Estaque, quelques minutes à peine avant le coup de fil de Mélina. Depuis tout est devenu tellement chaotique qu'Agathe ne sait plus où elle en est. Pablo lui envoie un message, un pauvre message, juste pour lui dire qu'ils ne pourraient pas se voir, sans lui donner plus d'explications, sans lui dire qu'il le regrette bien, sans lui proposer un nouveau rendez-vous, et le cœur d'Agathe s'émiette aussi sûrement qu'un croûton de pain mangé par les mites.

Une sacrée surprise

À l'approche de Guéret la pluie s'est mise à tomber, d'abord fine puis de plus en plus serrée, compacte. Agathe augmente la vitesse des essuie-glaces et se cramponne de toutes ses forces au volant pour pallier cette tension qui ne la quitte plus. Elle a fait presque mille trois cents kilomètres en deux jours et cet aller-retour à Marseille est à classer dans la catégorie des cauchemars à oublier très vite, et ce malgré le plaisir qu'elle a eu de revoir sa cousine Éliette en aussi bonne santé, tant sur le plan physique que mental. Et, à nouveau, Agathe s'interroge sur son avenir à elle et de ce qu'il adviendra de leur couple une fois que Victor aura repris des forces. *Pablo ou pas Pablo dans le milieu !* Elle s'énerve, traite de tous les noms d'oiseaux qu'elle connaît les automobilistes qui ne savent pas se placer dans les ronds-points, ceux qui n'allument pas leurs phares et qu'on voit à peine, ceux qui oublient de mettre leurs clignotants, et d'une manière générale tous ceux qui occupent la route aujourd'hui.

En tournant au coin de sa rue, elle sursaute en reconnaissant de loin la voiture d'Emma garée devant la maison. Elle ralentit et s'arrête sur le parking qui se trouve un peu plus loin, la tête en déconfiture et incapable de prendre la moindre décision. Elle se sent vidée, comme si, quelque part à l'intérieur d'elle, le moteur avait calé. Emma est là pour s'occuper de Victor, et Victor n'a plus besoin d'elle. Agathe ricane. Elle l'a bien cherché après tout. La pluie tombe et Agathe ne bouge plus. La chanson que sa mère lui chantait le soir lui revient, comme l'autre jour, et elle regarde sans comprendre, à travers l'eau qui ruisselle sur son pare-brise, Victor qui sort de la cour au volant de son vieil utilitaire. Emma est assise sur le siège passager. Agathe serre les dents, remet le contact. Sa fatigue s'envole d'un seul coup, remplacée par une terrible colère.

Ah, ça, ils vont l'entendre ! Car enfin, on ne se remet pas d'une dépression comme ça, du jour au lendemain, presque en un claquement de doigts ! Agathe avait pourtant senti qu'ils lui cachaient quelque chose. Elle les avait bien vus, les regards qu'ils échangeaient ! Mais admettre que Victor et Emma ont une liaison revient à accepter que son mari peut faire avec une autre ce qu'il n'arrive plus à faire avec elle. C'était sans doute parce que la chose était impossible à reconnaître qu'Agathe avait préféré se voiler la face.

Elle laisse un peu de distance entre elle et la camionnette pour que Victor ne la voie pas dans le rétroviseur. La pluie s'est arrêtée et le soleil brille sur l'asphalte mouillé. Agathe cligne des paupières derrière ses lunettes de soleil. Plusieurs fois, elle passe de justesse au feu orange et ne sait pas comment elle parvient à traverser la ville derrière son mari sans qu'il s'aperçoive de sa présence. À trois cents mètres à peine de l'utilitaire, Agathe s'engage sur le chemin caillouteux qui mène à la ferme de l'oncle d'Emma. Elle ne comprend pas ce qu'ils viennent faire là et la seule explication qui lui vient est qu'ils ont aménagé une chambre douillette dans un coin du bâtiment pour s'y retrouver, plutôt que chez l'un ou l'autre. Emma ne reçoit plus d'homme chez elle, avec son Dingo jaloux comme pas deux et qui montre des dents chaque fois qu'elle lui en présente un, et Victor ne s'amuserait sans doute pas à inviter une autre qu'elle dans leur maison.

Agathe se souvient des bruits de scie et du passage du train, elle revoit leurs sourires complices, elle se rappelle leurs hésitations et leurs mensonges, et la colère monte en elle comme une vague de fond au milieu d'une mer déchaînée. Elle se gare à côté de la camionnette dans un crissement de pneus. Des éclats de gravier claquent sur la carrosserie mais elle n'en a cure, et elle s'éjecte plus qu'elle ne sort de sa voiture.

– Alors, fulmine-t-elle en s'approchant de Victor à grands pas, tu m'expliques ?

Victor a l'air tout décontenancé et la regarde comme si elle arrivait tout droit d'une autre planète. Emma, qui débouche alors de leur côté, est la première à réagir.

– Ce n'est pas ce que tu crois, dit-elle très vite.

Agathe la fusille du regard. Elle attend. Et Victor, alors, lui tend la main.

– Viens, dit-il, je vais tout t'expliquer.

Agathe hésite.

– OK, répond-elle, sans toutefois lui donner sa main. Je t'écoute.

Elle ne bouge pas. Elle attend. Victor fait volte-face et se dirige vers le bâtiment. Emma, d'un signe de tête, encourage son amie à le suivre. Agathe s'arrête un instant à la porte du hangar sombre. Elle cligne des yeux. Elle aimerait savoir vers quoi son mari cherche à l'entraîner et s'imagine un instant prise au piège d'on ne sait quelle sinistre manigance. Elle le voit s'avancer vers le fond du hangar, puis elle le perd de vue. Près d'elle, Emma n'a pas bougé. Et la lumière, soudain, envahit l'espace…

Agathe écarquille les yeux en découvrant un camion, aussi gros que ceux que Victor conduisait. Partout, tout autour, des outils et des machines jonchent le sol. Les yeux de la jeune retraitée passent de Victor au camion, du camion à Emma, d'Emma à Victor, et elle ne comprend pas le rapport qu'il y a entre le trente-huit tonnes et une potentielle relation amoureuse entre ces deux-là.

– C'est pour remplacer le camping-car, dit Victor en s'approchant d'elle, et son regard exprime un tel amour qu'Agathe en est toute chamboulée.

Il lui raconte alors comment il en avait eu l'idée, un soir à table avec Jonathan, tandis qu'elle était partie pour Hauterives avec Emma. Il se tourne vers cette dernière, lui sourit.

– Emma m'a beaucoup aidé, tu sais, dit-il en regardant à nouveau sa femme.

– C'est moi qui ai conseillé à Victor de te faire la surprise, ajoute Emma en baissant la tête.

– Eh ben, c'était pas l'idée du siècle, rétorque Agathe qui a encore du mal à réaliser ce qui arrive.

Emma ajoute qu'elle aimerait beaucoup racheter le *Baby* une fois qu'il sera réparé et Agathe lui sourit et la serre très fort dans ses bras avant de se tourner vers son mari.

– Tu me fais visiter ? lui demande-t-elle.

Victor se fend alors d'un tel sourire qu'Agathe se sent fondre comme un chamallow sur les braises d'un feu de la Saint-Jean. Et qu'importe que l'intérieur du véhicule ne soit pas aménagé en plein, c'est ensemble, *pour sûr*, qu'ils iront au concert de Daniel Guichard !

Huit mois et quelques plus tard...

Agathe balaie l'espace du regard, soudain inquiète de ne plus voir Marinette. Elle met sa main en visière, mais elle a beau scruter la prairie pourtant dégagée, elle n'aperçoit aucune tache blanche sur le vert de l'herbe. Elle se baisse, mais la coquine n'est pas sous le camion non plus.

– Joli spectacle ! entend-elle soudain dans son dos.

Agathe, à genoux dans la terre rousse, typique de cette région du Vaucluse, reste quelques secondes dans la même position. Elle ondule ses fesses, joueuse. Mais très vite, l'inquiétude de ne pas retrouver la Sussex reprend le dessus et elle lève la tête. Victor sourit. Il lui tend une main dont Agathe s'empare pour se relever.

– Marinette a disparu, dit-elle tout en frottant ses genoux.

– T'inquiète, elle doit pas être très loin, répond Victor, souriant toujours.

Il sourit tout le temps en ce moment, mais Agathe ne se laisse pas distraire, pas maintenant, alors que l'une de leurs deux poules a disparu. Si on lui avait dit, il y a quelques mois encore, qu'elle s'enticherait d'un volatile au point de s'inquiéter de son absence, elle n'y aurait pas cru. Elle aussi s'y est mise pour leur donner un petit nom à chacune, Marinette pour la Sussex, et Germaine pour la Grise du Vercors.

– Tu as regardé à l'intérieur ? demande Victor, en grimpant dans le camion par les marches amovibles en aluminium.

Chaque fois qu'il les monte, il se souvient de la galère que ça avait été pour les mettre en place. Comme tout le reste d'ailleurs, et il ne remerciera jamais assez tous ses potes, Guy, Jojo, Vincent ou encore Marcel, de lui avoir donné la main si souvent. Et Jonathan, et Emma, et Agathe aussi, bien sûr, quand elle s'y était mise à son tour… C'est elle, d'ailleurs, qui avait peint toutes les portes en gris souris avant que Victor, avec l'aide de son fils, ne les mette en place.

Avec Jojo et Vincent, ils avaient planché un moment pour faire les plans, mais Victor est satisfait du résultat. Il se sent comme à la maison. L'espace y est optimisé, la cuisine est petite mais fonctionnelle, le coin salle de bains possède une vraie cabine de douche, on ne se cogne pas les genoux contre la porte des toilettes quand on s'y assied, et, cerise sur le gâteau, il y a même deux chambres séparées, toutes deux équipées de placards avec penderie et d'une petite fenêtre pour voir le jour à travers les volets.

C'est Agathe qui s'était chargée de la décoration et Victor avait failli pleurer quand elle lui avait proposé d'accrocher la vieille pendule familiale au-dessus de l'évier. Il avait également dû retenir ses larmes quand Jonathan leur avait annoncé qu'ils étaient prêts, lui et ses frangines, à s'occuper des autres poules et du jardin en leur absence de la maison, mission qu'ils accomplissent d'ailleurs à la perfection.

Dans un tiroir, près du lit conjugal au matelas ultra-confort, la boîte avec les pilules bleues, presque intacte, est rangée entre deux piles de mouchoirs. Victor n'en a pris qu'une seule fois depuis qu'ils se sont remis à faire l'amour, juste après qu'Agathe ne découvre le camion. La deuxième fois, c'était quelques jours plus tard, et Victor n'avait pas pensé à anticiper. Mais son sexe n'avait pas faibli, pas plus cette fois-là que les suivantes. Ça s'était passé au moment leur rencontre – *fabuleuse !* – avec Daniel Guichard. Ce soir-là, tout était beau, le concert digne de ce qu'ils en attendaient et le chanteur à la hauteur de la description qu'Agathe lui en avait faite.

C'est avec le *Gros lourd*, comme l'appelle sa femme, qu'ils étaient allés à Montpellier et Victor rit en se rappelant le désordre qu'il y régnait à cette époque-là. L'aménagement était alors loin d'être terminé et ils avaient dormi sur un matelas posé à même le sol. L'impression de revenir quarante ans en arrière les avait fait rire comme des gosses, et ils avaient fait l'amour comme si c'était la première fois.

Dans la plus petite des deux chambres, Victor avait opté dès le départ pour des lits superposés. Mélina et Timéo en avaient déjà profité, aux dernières vacances scolaires. C'est Flore qui avait insisté pour qu'ils partent avec les grands-parents. Avec Rodolphe, ils avaient besoin, avait-elle dit, de passer un moment ensemble, sans les enfants. Ça s'est arrangé entre eux, mais Victor se souviendra toujours de ce jour où Flore avait voulu surprendre son mari à l'hôtel, ce fameux jour où il s'était endormi tellement profondément qu'on avait dû le conduire à l'hôpital.

Il ne sait toujours pas ce qui s'était passé. Les médecins avaient parlé d'un « burnout », d'autres d'un « coma de fatigue ». Oh bien sûr, il avait eu droit à toute une pléiade d'examens, mais à part une légère faiblesse à l'estomac, les médecins n'avaient rien trouvé. Victor n'avait rien senti arriver. Ou plutôt si. Son corps l'avait averti, plusieurs fois, mais il n'avait pas voulu l'écouter. Et à un moment donné, il n'avait plus eu la force. Son cerveau s'était mis en *game over*, et Victor avait eu bien du mal à revenir.

Emma était restée à son chevet jusqu'à ce qu'il se réveille. Elle lui parlait et Victor, les yeux fermés, l'entendait et sentait même parfois qu'elle lui tenait la main. Et sa présence lui faisait du bien. Il n'arrivait même pas à lui en vouloir.

Car après tout, c'est un peu à cause d'elle qu'il avait failli perdre Agathe. S'il n'avait pas suivi ses conseils, il aurait tout dit à sa femme dès le départ. Et Agathe aurait oublié vite fait son minuscule camping-car. Elle serait restée à la maison pour l'aider et elle ne se serait pas mise à rêver d'un monde sans lui.

Le portable d'Agathe, posé sur le plan de travail, près de l'évier, sonne au moment où les yeux de Victor se posent sur la poule blanche, occupée à picorer les miettes du dernier repas sous la table. Victor s'approche d'elle tout doucement en l'appelant par son nom. Il se baisse et Marinette se laisse caresser les ailes.

– Cool, tu l'as retrouvée ? demande Agathe en grimpant elle aussi dans le camion.

Elle décroche son téléphone et Victor comprend qu'il s'agit d'Emma. La Sussex dans les bras, il redescend du *Gros lourd* et le longe jusqu'à l'arrière. Il ouvre alors la porte du minipoulailler pour y déposer la poule, près de la Grise du Vercors. Il ramasse un œuf dans le pondoir, remercie la Germaine, vérifie la gamelle d'eau, puis celle du grain, et referme soigneusement la porte. Il est si fier du poulailler miniature qu'il a eu l'idée de construire à l'arrière du véhicule que son cœur se gonfle chaque fois qu'il le voit.

– Emma est en route, lui annonce Agathe, la mine épanouie. On y va ?

Sol balayé et vaisselle rangée, après toutes les vérifications d'usage, ils reprennent la route vers Sète. C'est au tour d'Agathe de prendre le volant. Elle est fière de conduire un tel engin et redresse les épaules en tournant la clef dans le contact. C'est Victor qui avait insisté pour qu'elle passe son permis poids lourds, et elle n'en revient toujours pas de la facilité avec laquelle elle l'avait obtenu, après seulement une trentaine d'heures de leçons de conduite.

Victor se penche vers le poste radio et tend le bras pour monter le son, et les notes de musique tziganes qui envahissent l'habitacle font sursauter Agathe. Elle reste plantée là, au volant du *Gros lourd*, avec des frissons qui lui parcourent le corps et des larmes qui lui montent aux yeux. Elle revoit Pablo, sa guitare à la main, devant le Palais du Facteur Cheval, au camp manouche, dans le bar, elle revoit ses yeux noirs et profonds plantés dans les siens et elle peut presque sentir le goût de ses lèvres. Elle le revoit sur la colline de l'Estaque ce fameux jour où tout aurait sans doute basculé dans une autre dimension si Victor n'avait pas sombré dans le coma.

– Dis, Agathe, tu t'endors ?

La voix de Victor arrache Agathe à ses pensées et elle reprend pied dans la réalité, un peu lourdement, comme une grosse pomme qui tombe d'un arbre. Elle se tourne vers son mari, sourit, marmonne vaguement qu'elle pensait à autre chose. Puis elle tourne le regard vers la route. Agathe sait que l'homme assis près d'elle n'est peut-être pas le plus parfait ni le plus sexy des hommes, mais c'est le sien, celui sur qui elle a toujours pu compter. Elle embraie, accélère, relâche doucement l'embrayage et le camion s'ébranle sans caler. Victor, toujours un brin moqueur, applaudit l'exploit et Agathe pince les lèvres et hausse les épaules en faisant mine de se fâcher. Mais *pour sûr*, Victor n'est pas dupe.

FIN

Remerciements

Mille mercis à Christophe Carré sans qui ce roman n'aurait sans doute jamais vu le jour.

Merci à Chantal et Jean-Claude qui m'ont apporté leur expérience de camping-caristes, et dont quelques-unes de leurs anecdotes pimentent « La balade d'Agathe ».

Merci à Séverine, Marie, Carole et tant d'autres de mes amies qui m'ont écoutée pendant des mois leur parler de ce premier roman en se demandant s'il serait un jour terminé…

Également aux Éditions Jouvence

Le Chant des cigales après la pluie
Camille Lesur

Christine Boulet, jeune trentenaire aux allures de grand-mère, se rêve transparente et porte des tenues camouflant son manque de confiance en elle. Un soir de déprime, elle participe à un concours « pour rencontrer la personne qui changera sa vie ». Préparez-vous un cappuccino et offrez-vous une véritable bouffée d'air frais à l'italienne en compagnie de Christine, Giulia, Paola, Pedro, Ugo, Serena, Carla, Bianca et Livia !

144 pages • 14,90 euros

Dépôt légal : janvier 2021
Achevé d'imprimer en décembre 2020
Imprimé au Danemark par Nørhaven